Giovanni Verga

I nuovi tartufi

I NUOVI TARTUFI

Commedia in 4 atti

L'Ipocrisia è un omaggio che vien reso alla
virtù o un agguato che le si tende?

PERSONAGGI

Prospero Montalti

Emilia, sua moglie

Carlo

} suoi figli

Maria

Dottor Ferdinando Codini

Alberto Varesi

Rodolfo Zanotti

Giorgio di S. Giocondo

Giulia, Contessa di Roccabruna

Sassarini

La Signora Beghini

Tonio, domestico di Montalti

[Vittorina, cameriera di Giulia]

Invitati; elettori.

La scena del 1° atto è in una cittaduzza della Toscana (ottobre 1865). Negli altri tre a Firenze (primi mesi del 1866).

ATTO PRIMO

Salotto in casa Montalti; uscio in fondo e due laterali. A destra un canapé; accanto un tavolino da lavoro. A sinistra una tavola da the.

SCENA I

Emilia presso il tavolino osservando il lavoro di *Maria* che ricama. Dottor *Ferdinando*, entrando dal fondo.

FERDINANDO. La riverisco, cara signora Emilia. Buon giorno. Maria.

EMILIA. Oh, ecco qui il Dottor Ferdinando che ci reca qualche notizia. Non sedete un momento?

FERDINANDO. Cercavo il sig. Montalti.

EMILIA. È uscito poco fa.

FERDINANDO. Non per andare in piazza ad aspettare l'esito della votazione, ne sono sicuro!

EMILIA. Oh, tutt'altro! È così agitato quel povero Prospero! Ma accordateci almeno cinque minuti (invitandolo a sedere sul canapé). Il caffé pel dottor Ferdinando, Maria! (siedono).

MARIA. Subito, mamma (esce).

EMILIA. A voi, sig. Ferdinando, che ci dite?

FERDINANDO. Buone nuove, ottime nuove! Lodato sia il Signore! (inchinando il capo).

EMILIA. Credete che riusciremo?

FERDINANDO. Coll'aiuto di Dio, sì.

MARIA. (entrando col vassoio) Signor Ferdinando, ha detto che riusciremo? Babbo sarà deputato! Andremo dunque a Firenze, nella Capitale!... (posa il vassoio sul tavolino).

FERDINANDO. Pel servigio di Dio e della sua Chiesa! (con ipocrisia).

MARIA. (battendo le mani con gioia) Che piacere!... che piacere! Senti, mamma, è sicuro che andremo a Firenze!

EMILIA. (mescendo il caffé a Ferdinando) Questa pazzarella di Maria non sogna che le Cascine da quindici giorni in qua.

FERDINANDO. (bevendo il caffé) Onnipotenza divina! che anche nei servigi che si rendono al trionfo della Sua Santa Chiesa (inchinandosi) Cattolica Apostolica Romana, fa trovare piaceri che sarebbero mondani se non fossero giustificati dalla santità del fine.

MARIA. Ma il babbo dunque?... non fa che parlare dell'onore di recare la medaglietta d'oro fra i ciondoli dell'orologio.

FERDINANDO. Ahi! pur troppo! tempi tristissimi sono quelli che corrono... tempi in cui il senso più retto è traviato dalle aberrazioni più stolte, quando non è perduto nell'empietà più iniqua! in cui anche i più elevati cattolici devono mettersi accanto agli atei ed ai bestemmiatori per far argine al torrente che minaccia sommergere la Chiesa e la società (beve di nuovo il caffé).

EMILIA. (con ammirazione) Parole sante!

FERDINANDO. (s'inchina in segno di modesta ritrosia).

MARIA. A me basta che la mamma mi conduca a spasso alle Cascine le Domeniche e babbo prenda ogni otto giorni un palchetto alla Pergola (occupandosi di nuovo del ricamo).

EMILIA. Pazzerella!

FERDINANDO. Gioventù! Gioventù! (più basso ad Emilia) Però, mia eccellente amica, bisogna tenere d'occhio l'inesperienza e il bollore di questa età, massime in una capitale ove il vizio è più sfrontato e i cattivi esempii più frequenti.

EMILIA. (nell'istesso modo) Credete che non abbia pensato anche a questo, e che non abbia dovuto combattere la ripugnanza d'andare ad esporre i miei due figli, queste due innocenti creature, al soffio avvelenato e corruttore della società, come dite col vostro savio linguaggio?

FERDINANDO. E vi sarà contato anche quest'altro sagrifizio, mia degna signora Emilia, siatene certa.

EMILIA. Oh, non dico questo poi, signor Ferdinando!

FERDINANDO. No!... no!... di tali elogi non bisogna esser ritrosi... E voi, modello della sposa e della madre cristiana, potete andare orgogliosa di averli meritati. Per voi il vostro degno consorte, il signor Montalti, si è deciso ad accettare la candidatura, sebbene esitasse molto a sobbarcarsi all'incarico che in questi tempi di iniquità è ambito, pur troppo! con tutti altri propositi.

MARIA. Oh! il babbo non fa che quello che dice la mamma.

EMILIA. Giacché voi me l'avete consigliato!... Vostro marito deputato potrebbe rendere importanti servigi alla nostra Sacrosanta Religione: mi avete detto, e son sicura che la mano di Dio non si allontanerà dalla nostra famiglia finché amici come voi vi recano la benedizione del Signore. Vero è che l'esser Montalti deputato mi lusingherebbe non poco!...

FERDINANDO. Lodevole orgoglio che il Signore benedice!

MARIA E mia cugina Carlotta! e le Guignoli, come vorranno rimanere quando sapranno che andiamo a Firenze!... Manderò a Carlotta un cappellino Don Carba, se non altro per provarle che è all'ultima moda, e che... aveva torto quando al passeggio, me lo trovava ridicolo insieme a quelle invidiose delle Guignoli.

FERDINANDO. (accarezzando ipocritamente la guancia di Maria) Testolina! Testolina!

MARIA. Dica, signor Ferdinando, è vero che a Firenze si balla tutte le sere, quando non si va a teatro, e si passeggia tutte le mattine, quando non si va a far visite?

FERDINANDO. Chi ve l'ha detto?

MARIA. (con gravità) Oh, mio cugino Rodolfo, che c'è stato, lui, quattro anni fa e vi dimorò due giorni interi! Che fortuna andare a spasso tutte le mattine assieme a Carlo, e passare delle belle mezz'ore dietro le vetrine di mostra di quei bei magazzini di mode dove si vedono tante cose eleganti, e sentirci dire: Chi è quella graziosa signorina a braccio di quel bel giovanotto? Oh! sono i figli dell'onorevole deputato, del signor Montalti!... E poi a quelle belle feste da ballo gli uomini che vi dicono: Signorina, di chi siete figlia? Sono figlia del deputato Montalti, io!...

EMILIA. (sorridendo) E perché non del ministro Montalti addirittura?

MARIA. (con gravità) Sicuro!... Che ci sarebbe poi d'impossibile?

EMILIA. (imitando Ferdinando) Giovinezza! Giovinezza!

FERDINANDO. Non temete ci penseremo; ci penseremo, mia egregia signora. Ove io non potessi affatto accompagnarvi vi metterò in relazione con alcune persone di mia conoscenza che sono modelli di devozione e di pietà; e coi buoni esempii che avranno sempre dinanzi agli occhi i vostri figli rimarranno degni di voi, mia cara signora Emilia.

EMILIA. Grazie! grazie, dottore! Voi mi rassicurate.

FERDINANDO. Ma la vostra edificante conversazione ha tali attrattive che io dimentico quanto sieno preziosi per noi i momenti che corrono. (osservando l'orologio) Fra un'ora, al più tardi, noi sapremo l'esito della votazione. Che il Signore faccia riuscire a maggior sua gloria e servigio! (alzandosi).

EMILIA. Ci lasciate diggià?

FERDINANDO. Corro nella sala della votazione per vedere quello che si fa, per confortare i dubbiosi, animare i tiepidi, fare gli ultimi sforzi insomma acciò vostro marito riesca.

EMILIA. Ma credete che ci sieno nel nostro paese abbastanza onesti uomini e veri cattolici come voi per trionfare degli atei e dei bestemmiatori?

FERDINANDO. Ah! tanti ne fossero in tutti i collegi! (con un sorriso significativo) In quindici giorni le pecorelle smarrite ritornerebbero all'ovile! (esce).

SCENA II

sEmilia e Maria.

EMILIA. Che sant'uomo! Che amico prezioso! Ah, vedi, figliuola mia, quelli sono gli esempii da seguire!... Se tuo padre gli somigliasse! Prospero pensa ancora molto alle vanità e agli interessi mondani, come dice il dottor Ferdinando; è troppo tiepido cattolico, lui! Lascerebbe una predica per farsi la sua partita al re collo speziale!

MARIA. Oh! ma ora ha accettato, non è vero, mamma? Ora è di sicuro che andremo a Firenze.

EMILIA. Non pensi ad altro, tu!

MARIA. Che vuoi! Me ne hanno detto tante belle cose!

EMILIA. Ci son tante belle cose che son pericolose per la gioventù, figliola mia: l'ha detto il dottor Ferdinando! Ma noi ci eserciteremo sì spesso lo spirito ascoltando quelle deliziose prediche in S. Maria Novella di cui ci ha parlato il dottor Ferdinando.

MARIA. (con impazienza) Sempre quel dottor Ferdinando! Se il babbo fa il deputato, se andiamo a Firenze, non è mica per andarci a seppellire tutti i giorni in S. Maria Novella!... Tanto fa, se di Firenze non dobbiamo vedere che le chiese è meglio restare qui!

SCENA III

Carlo e dette.

CARLO. (entra adirato) Giuraddio! la non può andare come va! La non può andare!

MARIA. Carlo!

EMILIA. Che hai, figlio mio? che bestemmie son queste! se ti sentisse il dottor Ferdinando!

CARLO. Al diavolo il dottore e tutti i corvacci pari suoi! Se la va di questo passo farò uno sproposito! Vi dico che farò uno sproposito!

EMILIA. Ma che c'è infine? che cosa è accaduto?

CARLO. Che c'è? C'è che il nome di mio padre è strapazzato in piazza come quello di un mascalzone!.. È accaduto... Non voglio dirvi che è accaduto. Ma giuraddio!... (si frena guardando Emilia).

MARIA. Strapazzato come un mascalzone il babbo!

CARLO. Sì! E questo per quel brutto ceffo del dottor Codini! Se mio padre vuol essere deputato non c'è bisogno che quel signore vada strombettando che è lui che lo mette innanzi, come se mio padre fosse un fantoccio!... E sapete che n'è venuto da questo? N'è venuto che tutti quelli del paese che non tengono pel dottore dicono che mio padre è il candidato del partito nero!

EMILIA. Che cos'è questo partito nero?

CARLO. Il partito delle sottane nere e dei cappellacci a tricorno. Il partito dei paolotti... Il partito del dottor Ferdinando, madre mia!

EMILIA. (con indignazione) Oh, Dio! che tempi! che tempi!

CARLO. Mio padre infine è abbastanza ricco e abbastanza galantuomo per non essere debitore a chicchessia della sua elezione. E con tutto questo, in grazia delle mene nere di quel caro dottor Ferdinando, m'è toccato!... Corpo di!...

EMILIA. Un'altra bestemmia!

CARLO. Lasciatemi stare, ché perdo la pazienza! (per uscire).

SCENA IV

Alberto Varesi e detti.

ALBERTO. (dall'uscio) Si può?

CARLO (con istizza) Avanti (vedendo Alberto) Oh, lei! Scusi sa, signor Varesi.

ALBERTO. Signora Montalti! (salutando Emilia e stringendo la mano di Carlo e di Maria) Buon giorno, Maria! Buon giorno, Carlo (lo guarda fisso marcatamente e gli scuote di nuovo la mano con significazione ripetendo) Buon giorno!

CARLO (preoccupato avanza una sedia per Alberto, il quale guarda tutti con interesse) S'accomodi, signor Varesi.

ALBERTO. M'accorgo che il momento della mia visita è male scelto, e che io sono forse importuno.

EMILIA. (con forzata garbatezza) Oh, tutt'altro! (siede con affettata indifferenza accanto a Maria che ricama) (da sé) Costui! che vorrà?... Il dottor Ferdinando dice che è un cattivo amico e che bisogna guardarsi di lui.

ALBERTO. Per la vecchia amicizia colla famiglia spero che mi verrà scusata l'indiscrezione. Vi veggo tutti turbati, e ne indovino la causa. Desidero appunto parlare a Prospero in proposito.

MARIA. Il babbo è fuori!

ALBERTO. Anche voi, Carlo, siete stato in piazza?

CARLO. (abbassa il capo confuso) Sì.

ALBERTO. (dopo un momento di silenzio) Se credete che io sia importuno fatemelo capire non rispondendomi. Ma se stimate che i consigli sinceri di un amico devoto sieno, se non altro, disinteressati, unitevi a me tutti, voi soprattutto, signora Emilia, che avete un grande ascendente sull'animo di Prospero, per dissuaderlo dall'accettare questa candidatura.

EMILIA. (levando il capo) Che! che! che!

MARIA. Non andare a Firenze!

CARLO. Perché poi?

ALBERTO. Perché non ancora Montalti è deputato ed ecco già perduta la quiete e la calma invidiabile della vostra famiglia! Perché, credetelo al mio avveduto disinteresse d'amico, i fastidi ed i dispiaceri che accompagneranno Prospero in questa nuova posizione, i disturbi che ne risentirete tutti non verranno compensati menomamente dalle sterili soddisfazioni di vanità, che, ad un uomo come Prospero, può dare soltanto questa carica.

EMILIA. (stizzosamente ironica) Soddisfazioni di vanità! Oh no! signor Varesi carissimo! Se mio marito accetta questa carica è per tutt'altri fini che non sono certo né meschini né sterili come volete.

ALBERTO. Fossero tali soltanto!

EMILIA. (aspramente) Dovete spiegarvi, signore!

ALBERTO. Io vorrei, per l'interesse e l'onore del mio amico e di voi tutti, che non si facesse rappresentare a Prospero la parte in cui questi interessi sono più tristi che sterili e meschini.

EMILIA. Oh! questo poi, signor Varesi!...

ALBERTO. Vi domando umilissime scuse, signora. Io non intendo, né lo potrei, pregiudicare menomamente la riputazione e i propositi di un uomo che ho appreso a stimare da venti anni, di un amico qual è Montalti. Io ho detto semplicemente che forse, senza che lui se ne avveda, si avrà l'arte tristissima di fargli rappresentare una parte che ogni uomo onesto rifuggirebbe di addossare.

EMILIA. (con indignazione mal celata) Da chi?

CARLO (con dispetto) Da chi? Eh! lo so ben io da chi!

ALBERTO. Non discutiamo su supposizioni che ci porterebbero molto lontano. (risolutamente) Bisogna che crediate all'imparzialità dei miei sentimenti, e, soprattutto, all'onestà di essi. Voi, signora Emilia, potete dire se io sono stato mai caldo rivoluzionario?

EMILIA. (con ironia) No, davvero; né caldo cristiano!

ALBERTO. Come voi l'intendete forse. Ritenete almeno che io sia un galantuomo?

CARLO. Chi ne può dubitare?

ALBERTO. Ebbene! Io da amico vi dico: Prospero Montalti in quest'affare non fa la figura né dell'onest'uomo, né tampoco quella dell'uomo di buon senso, credetemi!

CARLO. Anche lei, signor Varesi!

EMILIA. Questo poi, signor Varesi, passa i limiti!

MARIA. Scommetto che sia mandato apposta dalle Guignoli per far andare in fumo la nostra partenza!

SCENA V

Rodolfo Zanotti e detti.

RODOLFO. Mille scuse, signori. Ah! ti trovo, Carlo! Per bacco! è un'ora che ti cerco! La com'è andata, infine? La com'è andata?

ALBERTO. (tossisce, cercando di fargli intendere, per segni, di tacere).

CARLO. (bruscamente) Che cosa?

RODOLFO. Eh! cospetto! la baruffa in piazza!

MARIA. Dio mio!

EMILIA. Era questo? (a Carlo).

RODOLFO. Vi prego di credere che se mi ci fossi trovato io là non sarebbe proprio finita a quel modo... come vi protesto che non finirà com'è finita!

CARLO. (con dispetto ironico) Rodomonte!

ALBERTO. Signor Zanotti, queste cose non si rimescolano. La è finita, e ben finita. Non se ne parli più!

EMILIA. Ma infine si può sapere che cosa è accaduto?

RODOLFO. (sorpreso) Come!... Non lo sapevate!?... Che bestia! Non dico più nulla!

MARIA. Perché nasconderlo, Carlo?

RODOLFO. Eh! signorina... Ne avrà avute le sue buone ragioni... se gli son toccate le busse...

CARLO. Rodolfo, poi...

RODOLFO. Che! Ti offenderesti in famiglia? Non ho mica detto che sei un poltrone; ma abbaruffarsi contro venti o trenta persone... sfido io!

EMILIA. Ma per l'amor di Dio, diteci cos'è stato!

RODOLFO. Oh! scusi, signora, ma non apro più bocca, io! Carlo è là per narrarvela, se vuole.

CARLO. Mi resterebbe ben poco a dire, ciarliero! (va a sedere con istizza sul canapé).

RODOLFO. Ci ho colpa io? Bisognava avvisarmi; bisognava farmi intendere, così in nube, che volevi tenere la famiglia al buio. E tuo padre poi? Anche lui avrà saputo che ti sei battuto con quelli che dicevano roba da chiodi di lui...

MARIA. Oh!

RODOLFO. Tutta cattiva gente però; tutta cattiva gente! Gli è ben vero che vi ho veduti a caso i migliori galantuomini... Ma parlare a quel modo di quel fior di onest'uomo ch'è il signor Montalti!...

EMILIA. E che dicevano?

RODOLFO. Eh! Carlo ve lo avrà detto; fu la causa della baruffa. Dicevano che il signor Prospero è divenuto un clericale, un codino, un paolotto, uno strumento di reazione e peggio.

EMILIA. Se non dicevano che questo non era poi un motivo per andare a cercar lite.

CARLO. (con dispetto) Vi pare, eh!? L'ha detto il dottor Ferdinando!?

EMILIA. (sostenuta) Sicuro! Se l'ha detto il dottor Ferdinando è l'Evangelio.

RODOLFO. (da sé) Peccato che la signora bestemmii con le migliori intenzioni!

CARLO. (con indignazione) E il dottor Ferdinando, perché lo dice, perché lo vuole, può far stramazzare il nome di mio padre; può farlo segno agli insulti di tutto il paese, di uomini onestissimi (poiché devo confessare che fra quelli che più ne dicevano male c'erano i migliori cittadini). Perché dunque il dottor Ferdinando non era lì a difenderlo, quando si vituperava il nome di mio padre?

RODOLFO. Ah! tu sei ingrato, Carlo! Tu dimentichi che se non era la processione dei frati, istigata dal dottor Codini, la quale diede addosso, coi tortelli e le croci, a quelli che ti conciavano come va, tu, a quest'ora, saresti accomodato per benino!

CARLO. Accidente al dottor Codini e ai frati che mi difesero!... Mi sarei contentato che mi avessero rotte le ossa piuttosto che far dire che ce la intendiamo coi neri!

EMILIA. Carlo, ti dico di non ripetere quel brutto epiteto!

ALBERTO. Ciò serva a mostrarvi, signora Emilia, quanto fossero giusti e sinceri i miei consigli.

EMILIA. Ciò non mi mostra altro, signor Varesi, che nel paese ci sono molti empi... come... E che la collera di Dio sta forse su di noi.

RODOLFO. (da sé) Non sarebbe la miglior cosa, pel signor Prospero, ora che le vigne son cariche!

MARIA. Oppure che ci sono molte invidiose come le Guignoli che sarebbero indispettite di vederci andare alla Capitale.

ALBERTO. Signora Emilia, tutti quelli che dicono male di vostro marito perché ha accettato la candidatura del partito clericale non sono né empii, come me, né invidiosi.

EMILIA. Signor Varesi, mio marito non deve ascoltare che la sua coscienza. E con questo la riverisco, caro signore. (inchinandosi ad Alberto e Rodolfo) Vieni, Maria (esce).

MARIA. Signor Alberto, pare impossibile come abbiate potuto prendere le parti di coloro che non ci vogliono bene.

ALBERTO. Io, signorina?

MARIA. Eh! vi pare che non sappiamo quanti gelosi farebbe la nostra gita a Firenze? (esce).

SCENA VI

Alberto, Carlo, Rodolfo.

ALBERTO. (dopo averle accompagnate collo sguardo) Accecate! accecate deplorabilmente da quel tristo!

CARLO. Signor Alberto, le domando scusa.

ALBERTO. Di che?

CARLO. Della vivacità di mia madre che sorprende me stesso.

ALBERTO. Ero sicuro di attirarmela, ma non desisterò per questo di fare ogni mio possibile per risparmiare dispiaceri gravissimi a voi tutti.

CARLO. Le pare dunque sul serio?...

ALBERTO. Parteggiate anche voi per la gita a Firenze?

CARLO. Perché no, se babbo padre riesce?

ALBERTO. Giovanotto!

CARLO. Non dico mica che abbia ad essere eletto dai preti e dai reazionarii, ma finalmente sarebbe un onore per la famiglia e un piacere per tutti.

RODOLFO. Senza contare la bella vita che si farebbe a Firenze fra una fioraia e una duchessa!

ALBERTO. Per lo meno, eh?

RODOLFO. Cospetto! Se ci vado a studiar veterinaria come ne ho l'intenzione!... Si dice da tutti che s'incontrano ad ogni passo principesse, o almeno baronesse, per le quali non bisogna darsi altro incomodo che quello di pestar loro un callo, offrire il braccio e pagare un caffé e latte con brioche.

CARLO. Non occorre dire che vestiremmo i migliori abiti di Bichi... guanti bianchi... ed avremmo una poltrona d'orchestra alla Pergola.

RODOLFO. Io mi contenterò di guanti a colore, e di un posto qualunque.

CARLO. Per il figlio di un deputato ti pare!

ALBERTO. Giovanotti! Io invidio i bei castelli in aria che siete in grado di fare; non voglio togliervi le vostre illusioni; ma non si transige con l'onore!

RODOLFO. Come c'entra ora l'onore?

ALBERTO. C'entra in quanto che quello di vostro padre, Carlo, è giocato ad un cattivo gioco.

CARLO. Quel dottor Codini, giuraddio!!

ALBERTO. Il dottor Codini è un tristo; ma se Prospero si lascia accalappiare dalle sue arti sembrerà un uomo poco onesto, o...

RODOLFO. O un babbeo. Scusino!

CARLO. Se è questo, per quanto mi rincresca di rinunziare a Firenze, noi parleremo chiaro a mio padre. Noi gli diremo quello che corre per le bocche di tutti sul mio conto. Mio padre è un galantuomo, cospetto!

ALBERTO. La perla dei galantuomini. Ma Codini è molto scaltro, e vostra madre onnipotente sull'animo di Prospero.

RODOLFO. Le donne!!!

CARLO. Si vedrà! si vedrà!

SCENA VII

Prospero Montalti e detti.

PROSPERO. (entra leggendo un giornale; è preoccupato e di cattivo umore) Hum! hum!... Codino! reazionario!... Oh! questo poi! (leggendo) «Il signor Montalti pare abbia smarrito davvero il senno nelle mani tenebrose del partito pretino, ora che si è lasciato persuadere a lasciare la sua buona cantina coi fiaschi di Chianti e di Montepulciano per andare a raccogliere ben altri fiaschi nell'aula dei Cinquecento» (riflette) Come c'entra nell'aula dei signori Cinquecento il mio Montepulciano?...

RODOLFO. (da sé) Che quintessenza d'onorevole

PROSPERO. Fiaschi! io!... Oh! oh!... E dire che nel mondo ci son tanti invidiosi che se ti veggono una mediaglietta della grandezza di due centesimi ne ambiscono una quanto un pezzo da cinque lire! Fiaschi!... Oh! oh!... Eccoti dunque, Alberto!... Signor Zanotti, riverito!... Che mi dici di nuovo, Alberto? Sei stato in piazza?

ALBERTO. Sì.

PROSPERO. Che si dice di me? Che si dice?

ALBERTO. Si dicono tante cose.

PROSPERO. Cioè, tante cose?

ALBERTO. I tuoi nemici dicono... quello che puoi bene immaginare. I tuoi amici, coloro che ti stimano ed hanno a cuore la tua riputazione, vorrebbero che non ti fossi messo in questo ginepraio.

PROSPERO. Sicché tra amici e nemici?

ALBERTO. La tua candidatura è malissimo accolta.

PROSPERO. (sorpreso) Hum!... hum!... hum!... (guarda Alberto con malizia) E tu, vecchietto, con chi saresti? Cogli amici o coi nemici?

ALBERTO. La domanda è inutile se ti dico che amici e nemici disapprovano la tua elezione!

PROSPERO. Cioè... la disapprovi anche tu?

ALBERTO. Pel primo.

PROSPERO. (tossisce) Eh! eh! (seguitando a guardarlo con malizia battendogli sulla pancia) Eh!... dimmi un po', vecchietto, ameresti anche tu la medaglia?... il ciondolino?...

ALBERTO. (sostenuto) Credi che io parli per invidia!

PROSPERO. No! no!... non dico questo, io! No! Ma, lo sai bene... si veggono tante cose il giorno delle elezioni!... Ho veduto amici che mi dissuadono... altri che mi incoraggiano...

ALBERTO. Quelli che ti dissuadono sono i vecchi amici, quelli che, come me, stimando l'onestà dei tuoi sentimenti, hanno il rincrescimento di veder compromessa la tua riputazione. Quelli che t'incoraggiano sono gli amici d'oggi, i falsi amici, che si servono di te per strumento dei loro intrighi, delle loro mire; e che quando ti avranno rovinato nella stima dei migliori tuoi concittadini ti rideranno sul naso. In venti anni è questo il primo insulto che mi fai credendomi invidioso; se non me ne offendo, ciò ti provi quanto mi stia a cuore che io riesca a persuaderti.

PROSPERO. Servire di strumento, io!... non sono poi tanto sciocco, mi pare!... Ho una posizione... Vorresti anche tu che andassero in Parlamento tutti gli spiantati, tutti i nullatenenti che non avendo un soldo da perdere ci rovinano con pesanti ed ingiusti balzelli?... Io, per esempio, che ho in cantina più di cinquemila bottiglie di Montepulciano che valgono tant'oro avrei mai fatto passare il trattato commerciale con la Francia che mi danneggia con la concorrenza dei vini di Bordeaux e di Champagne; e quell'altra del Dazio consumo!... Potrei mai approvare la soppressione delle Corporazioni Religiose che mettendo in circolazione gli immensi beni dei Corpi Morali farebbe scadere il prezzo della proprietà... io che ho per centocinquanta ettari di vigne!...

RODOLFO. (da sé) Si sente l'odore del Codini da una lega!

ALBERTO. Amico mio, parliamoci sul serio. Da quando in qua ti occupi così furiosamente di politica e di amministrazione?

PROSPERO. Eh! sono i miei interessi, infine! Sono gli interessi del possidente!

ALBERTO. Non lo nego. Ma innanzi a tutto tu sei onest'uomo?

PROSPERO. Mi lusingo almeno di esser tale, per bacco!

ALBERTO. Un buon imbottigliatore di vini?...

RODOLFO. (da sé) Ombre di tutte le taverne della Toscana, ditelo voi!

PROSPERO. (sorridendo con soddisfazione) Ho la medaglia pel Montepulciano del 1815 che mandai all'ultima esposizione; son membro della società enologica!...

RODOLFO. Senza contare i numerosi attestati rilasciati gratis dai dilettanti.

ALBERTO. Ora se tu, membro della società enologica e premiato della medaglia, vedessi un legale, un architetto, verbigrazia, volerti dare consigli sul modo d'imbottigliare il tuo vino, ti metteresti a ridere, senza dubbio?

PROSPERO. (ridendo) Eh! eh! eh! per bacco!... Se ne rido solo a pensarci!..

ALBERTO. Ma se fosse uno dei tuoi socii di vinicoltura, se fosse anche il tuo castaldo che ti desse un consiglio, tu l'ascolteresti per lo meno?

PROSPERO. Ad orecchie spalancate.

ALBERTO. Ebbene! Tu al Parlamento, sebbene possidente, sebbene onest'uomo, saresti il legale che venisse a consigliarti sulle tue vigne, mentre il nullatenente, come tu dici, lo spiantato, che avesse onestà, studii adatti ed impegno, sarebbe il castaldo, il socio di vinicoltura.

PROSPERO. (tossisce prendendo tabacco) Eh!... eh!... Non dico!... Non nego!... Ma io poi!...

ALBERTO. Questo in tesi generale. In quanto a te, poi, specialmente, c'è altro...

PROSPERO. Altro! che ci può essere?...

ALBERTO. Ecco. Se il causidico o l'ingegnere, venendo a darti consigli falsi, fossero mandati sottomano da chi ha interesse di guastare il tuo vino, di rovinarti, tu, onest'uomo, anche conoscendo per galantuomo l'ingegnere o il legale, non grideresti che la non sarebbe un'azione onesta?

PROSPERO. Dì pure una bricconata addirittura!

ALBERTO. (stendendogli la mano) Credi che io ti parli senza secondi fini e solo pel tuo onore?

PROSPERO. (turbato) Sì, sì, lo credo.

ALBERTO. Che ti parli senza interessi di parte; ma per te soltanto e pel nostro paese?

PROSPERO. Sei un galantuomo, per bacco!

ALBERTO. Grazie di questa parola; poiché io stimato tale da te posso dirti: Prospero, tu onest'uomo rischi di fare un'azione inonesta; tu rischi di parer malvagio facendoti strumento di chi ha interesse, mandandoti alla Camera, d'ingarbugliare la matassa e di rovinare il paese.

PROSPERO. (confuso) Alberto... amico mio, ti confesso che tu mi sconcerti... Io non so come, accettando il mandato del mio paese, possa mettermi a questo rischio...

ALBERTO. Se fosse il paese che ti mettesse avanti il torto sarebbe mio a dissuadertene. Ma tu non servi che agli intrighi di un partito, dei retrogradi e dei paolotti, di cui il campione è quel Ferdinando Codini.

RODOLFO. Ch'è un codino di primo rango!

CARLO. Maledetto chi ce lo mise fra i piedi la prima volta!

PROSPERO. Ma il dottor Ferdinando gode la stima...

ALBERTO. Di quelli che ti accerchiano al presente per non darti il tempo di ascoltare i consigli sinceri dei tuoi veri amici. Ma la maggioranza del paese, intendo la maggioranza degli onesti e degli illuminati, è contro la tua candidatura.

PROSPERO. Credevo soltanto che qualche invidioso...

ALBERTO. Gli invidiosi ci sono. Ma non ti parlo di quelli.

RODOLFO. E quelli che attaccarono baruffa stamane con Carlo non potevano essere tutti invidiosi.

PROSPERO. Baruffa con Carlo!... Cos'è? che dite?... E tu, giovanotto, non mi dici proprio nulla?...

CARLO. (stizzoso) Che bisogno ne ho finché c'è Rodolfo!

RODOLFO. Non vedi che lo faccio per ribadire il chiodo e cercare di persuadere tuo padre che di lui deputato non vogliono saperne?!

PROSPERO. (sempreppiù sorpreso) A questo punto!... (a Rodolfo) Avranno gridato?...

RODOLFO. E che gridare! Robaccia da...

PROSPERO. Basta! basta! ché non ne voglio saper più nulla.

ALBERTO. E fai bene. Da noi sarai sempre l'illustrissimo signor Prospero, che tutti rispettano, a cui tutti fanno di cappello; mentre laggiù nessuno penserebbe a te, sebbene deputato. Una buona scorsa fra i filari dei tuoi gelsi e delle tue viti colla tua famiglia, o una partita di tresette accanto al fuoco ti daranno maggiore piacere di quanto ne potresti avere andando ad addormentarti su di una poltrona nella sala del Palazzo Vecchio.

PROSPERO. Non ne voglio sapere! Non ne voglio sapere!... A questo punto? Sparlare di me!... Baruffe!... Non ne voglio sapere... Emilia, Emilia! (chiamando)

RODOLFO. Ora sì che viene il buono!

SCENA VIII

Emilia, Maria e detti

MARIA. Babbo... abbiamo udito gridare...

EMILIA. (a Prospero con giubilo) Lo sei?!!

RODOLFO. (da sé) Ahi! ahi! ahi!

PROSPERO. (confuso) Altro che esserlo!...

EMILIA. (trionfante) Quando ci si mette quel caro dottore!

PROSPERO. Sì eh?! a far nascere baruffe?! a far dire roba da cani dei galantuomini?!... Non voglio più saperne della medaglia! Non voglio più saperne dell'onorevole!... Voglio rimanere l'illustrissimo signor Prospero.

EMILIA. Che sento! che sento! (da sé) Qualcheduna di quel libertino indemoniato. (forte) Oibo! vergogna! Non si cangia così, come un burattino, da un momento all'altro!

PROSPERO. Si cangia, sissignora, si cangia! È appunto per non voler fare da burattino in mano del signor Codini che si cangia!

EMILIA. La vedremo! Oh! la vedremo!

MARIA. Addio a Firenze! quanto sono disgraziata!

CARLO. Mamma, lasciaci stare senza deputazione, ma che si possa almeno uscire in istrada senza arrossire!

EMILIA. Arrossire! perché arrossire? Dappoco che siete tutti!

CARLO. Tutto il paese è contro di noi, mamma!

MARIA. Sfido io! ci son tanti intriganti e tante invidiose!

EMILIA. Del paese me ne rido quando si tratta dell'anima, della coscienza, della Religione! Chi grida? Qualche mascalzone? qualche spiantato bramoso d'andarsi ad empire la pancia, a vendersi, a rubare a man salva, come dice il dottor Codini?!...

MARIA. O qualche invidiosa che non vedrà mai Firenze eccetto che nelle fotografie!

RODOLFO. (da sé) Che tempesta! Povero signor Montalti! Se resiste è miracolo.

ALBERTO. Prospero, vedo che i miei consigli sui quali ho insistito per debito d'amico e di galantuomo, mi rendono importuno e... (per partire)

PROSPERO. No! no! Resta! resta, per bacco! Vedrai come son forte! Vedrai che quando voglio esser padrone anch'io in casa mia!... (sostenuto ad Emilia) Nossignora! e nossignora! Non lo sarò! No! no! e poi no!... Ecco! (respira e prende tabacco).

SCENA IX

Dottor Ferdinando e detti

FERDINANDO. Vittoria! vittoria! Gloria in excelsis!

ALBERTO. (da sé) Povero Montalti!

EMILIA. (trionfante) Eh! eh! signor Ferdinando, lo siamo?! lo siamo?!

FERDINANDO. (asciugandosi il sudore) Lo siamo! mia egregia signora, ad maiorem gloriam Dei!

RODOLFO. Amen!

MARIA. (battendo le mani) Oh Dio! che piacere!... Lo siamo!... partiremo!

CARLO. (titubante) Infine, se babbo è riuscito...

PROSPERO. (che è rimasto confuso ed interdetto senza poter fiutare il tabacco che si tiene fra le dita) Ma... ma... ma io... Ero per dire... Volevo dire...

FERDINANDO. (abbracciandolo con ipocrisia) Che cosa? mio illustre ed onorevole deputato... Gedeone moderno della Chiesa... che cosa?

ALBERTO. (risoluto) Il mio amico Prospero intende dire che poco fa ha deciso assolutamente di rinunziare al mandato dei suoi elettori.

EMILIA. (mormorando con dispetto) Dai nemici mi guardi Iddio, che di simili amici mi guardo io!

MARIA. (sottovoce a Varesi) Andate che non vi voglio più bene! Siete congiurato con quelli che c'invidierebbero se ci vedessero partire!

FERDINANDO. (con risolino ipocrita) Che dice, egregia signora?... Che dice quel caro nostro signor Varesi?... Avrò frainteso?

PROSPERO. (spinto da Alberto) Eh! ehm! (tossisce)... No!... non ha frainteso... Ci rinunzio! ci rinunzio!... Abrenuncio satana!...

RODOLFO. (da sé) Che magnifica frase è scappata di bocca a quel povero Montalti.

EMILIA. Non sapete quel che vi dite!...

PROSPERO. Eh! lo so benissimo, per bacco!... per baccone!... Non voglio che si parli dei fatti miei!... Non voglio che si cerchi lite a mio figlio... Sono un galantuomo; non sono uno sciocco!... Non voglio esser mica il burattino d'alcuno!...

FERDINANDO. (battendogli sulla spalla con ipocrisia) Caro quel nostro signor Prospero! (prendendo la mano di Alberto) Mio caro signor Varesi, abbia la bontà di spiegarmi come va questa faccenda...

ALBERTO. (ritirando la mano) È semplicissimo: Prospero ha la modestia di non conoscersi senno e studi sufficienti per andare alla Camera a propugnare gli interessi dei suoi elettori, e discutere sulle gravi quistioni della Nazione. Una sola cosa avrebbe potuto confortarlo in tale sfiducia, qualora tutto il paese fosse stato unanime nell'eliggerlo...

FERDINANDO. Tutto il paese è stato unanime!... E bisognava vedere...

RODOLFO. L'accordo lodevole con cui si scambiavano botte da orbi, poco fa, i popolani che avversavano la candidatura del signor Prospero e i frati che la sostenevano!

ALBERTO. Se il paese fosse stato unanime...

PROSPERO. Sicuro, se fosse stato unanime...

FERDINANDO. Sicché rifiutate assolutamente?

PROSPERO. (spinto da Alberto) Assolutissimamente.

EMILIA. Impossibile! Cangerà! oh! cangerà!

PROSPERO. (in collera) Cangerò, eh!?... Ti farò vedere che non cangerò!... Sono una rocca di granito!...

ALBERTO. Bravo!

RODOLFO. (da sé) Per chi ci crede.

FERDINANDO. Ma io precedo una deputazione di elettori che vengono a congratularsi...

PROSPERO. Che congratulazioni d'Egitto!... Che c'è?... che c'è?... La deputazione!...

RODOLFO. (da sé) Cambiazione a vista!

FERDINANDO. Eccola (verso la porta in fondo) Avanti, amici, avanti!

ALBERTO. (da sé) È finita: non ho più nulla a far qui (via dal fondo).

SCENA X

Entrano una dozzina di *elettori* fra dei quali alcuni preti.

ELETTORI. Evviva l'onorevole Montalti; Evviva il nostro deputato Montalti!

FERDINANDO.

} Evviva!

EMILIA.

MARIA.

PROSPERO. (confuso, ma con risolino di compiacenza) Ehm!... ehm!... Che dicono? (a Ferdinando) Che vogliono questi rispettabili signori?

FERDINANDO. Caro ed onorevole signor Montalti, questi signori sono i più caldi ammiratori del vostro ingegno ed i più ferventi sostenitori della vostra candidatura che vengono a ringraziarvi dell'esservi arreso alle istanze di tutti i buoni sobbarcandovi al grave incarico...

PROSPERO. Grazie! grazie!... Ma non saprei... Dicevo, caro signor Codini...

FERDINANDO. (agli elettori) Il signor Montalti, oggi onorevole signor Montalti, ringrazia a sua volta le signorie vostre colendissime della fiducia che riponeste nella sua capacità e vi promette che l'impiegherà tutta a far trionfare gli interessi che più ci stanno a cuore: la Religione innanzi a tutto...

PROSPERO. Sicuro! La religione... La è una cosa... Ma caro signor Codini... dicevo...

FERDINANDO. Egli conosce come sieno tristi e numerosi i nostri nemici, che Dio perdoni! i quali attentano alla Religione usurpandone i beni che la società dei fedeli lasciò alle chiese per maggior lustro ed onore del nostro santissimo culto!

ALCUNI ELETTORI. Le Corporazioni Religiose non devono essere toccate!

PROSPERO. Certo, certissimo! Non si toccheranno, non si toccheranno... Ciò deprezierebbe il valore della proprietà in generale... e chi ha per centocinquanta ettari di vigne...

FERDINANDO. Egli dunque difenderà il Clero dagli assalti degli empii...

ELETTORI. E dei ladri!

RODOLFO. Che carità cristiana! (da sé)

FERDINANDO. Egli infine voterà contro ogni progetto di nuove imposte...

PROSPERO. Sicuro! ... il Dazio consumo... il trattato commerciale!...

ALCUNI ELETTORI. Noi vogliamo abolita la leva!

FERDINANDO. È questo uno degli scopi principali che si prefigge il nostro onorevole deputato. Soldati! oibò!... Corruzione di costumi!... strapazzi!... pericoli!... deperimento dell'agricoltura!...

PROSPERO. La leva!... Eh! eh!... certo!... la leva!... Non è la miglior cosa! La guerra!... Noi l'aboliremo... Non se ne parlerà più di soldati!... Al più verrà conservata la Guardia Nazionale...

FERDINANDO. (all'orecchio vivamente) Che diamine dite!...

PROSPERO. La Guardia Nazionale sarà mantenuta per accompagnare le processioni del Corpus Domini.

ELETTORI. Evviva il signor Montalti! Evviva il nostro deputato!

RODOLFO. (da sé) Evviva l'ipocrisia e la debolezza di carattere!

MARIA. Carlo, a Firenze! capisci?! (esultante).

CARLO. Poiché non la si può sfuggire. (lieto)

RODOLFO. (sottovoce a Carlo) Evviva le marchesine e fioraie di Lung'Arno Nuovo, eh!?...

EMILIA. (trionfante a Ferdinando) Ve l'avevo detto!

FERDINANDO. (con ipocrisia) La volontà del Signore è più forte di quella delle sue creature.

PROSPERO. Sono onorevole!... Membro della società enologica, premiato alla esposizione industriale... ed onorevole!!! (da sé).

ATTO SECONDO

Sala in casa di Prospero a Firenze addobbata per festa. Specchi, lumi e fiori: usci nel fondo e laterali; ai due lati due tavole da the; più avanti un tavolino con giornali e lettere; accanto poltrone.

SCENA I

Ferdinando Codini recando un libriccino, *Giorgio di S. Giocondo* con un mazzo di fiori e *Tonio*.

FERDINANDO. Ci avete annunziato alla vostra padrona?

TONIO. Lustrissimo sì. Ha detto si accomodino ché a momenti verrà.

FERDINANDO. (dandogli una moneta) Questa pel vostro incomodo, Tonio.

TONIO. (ringraziando) Lustrissimo!... (per andare).

FERDINANDO. Eh! sentite, Tonio!

TONIO. (ritornando) Lustrissimo?

FERDINANDO. Dite un po': non restate contentissimo della casa ove vi ho collocato?

TONIO. Lustrissimo, non direi di no... Ma si suda! oh, si suda!... La livrea è pulita; il pranzo... eh! eh!... non c'è male... Ma si suda!... Correr su e giù da mattina a sera! Specialmente oggi non ho più gambe per aver corso tutti i quartieri di Firenze a recar lettere d'invito per stasera.

FERDINANDO. Verrà molta gente?

TONIO. Eh! eh! lo sanno le mie povere gambe, lustrissimo! Tutti quelli che sono *onorevoli* come il padrone (inchinando il capo) tutte le pratiche di S. Maria Novella, che l'illustrissima signora padrona ha fatto invitare.

FERDINANDO. Ma in casa poi la va bene, eh? non potete lagnarvi? È una casa quieta, col timor di Dio. Ove non ci son mai dispiaceri in famiglia... eh?

TONIO. Per quieta... lustrissimo... oh, la è quietissima... Se non fosse pel gridare che fa il padrone col signorino...

FERDINANDO. Ah, sì! c'è del chiasso qualche volta pel signor Carlo?

TONIO. E che chiasso!

FERDINANDO. (facendogli segno d'avvicinarsi) Ditemi, ditemi tutto, caro Tonio, non potete credere quanto mi stii a cuore questa famiglia e come vorrei allontanarne tutte le cagioni di dissapori! Il signor Prospero dunque va in collera qualche volta col signorino?

TONIO. Lustrissimo sì.

FERDINANDO. E quando? quando?

TONIO. Quando il signorino viene a casa molto tardi... e... e... credo anche che ci venga ubbriaco come un tedesco!

FERDINANDO. (celandosi il volto fra le mani) Uh! uh! che orrore!... che scandalo. In questa famiglia modello!... E non c'è altro?...

TONIO. C'è altro, lustrissimo che anche il signorino grida quando il padrone non vuol dargli quattrini... E allora che chiasso! che chiasso indiavolato!

FERDINANDO. (fa il segno della croce).

TONIO. (guardandosi attorno come se vedesse gli spiriti) Che c'è lustrissimo?

FERDINANDO. Avete ancora quel brutto vizio di nominare il diavolo!

TONIO. Ah! ah!... il diavolo!... Non lo farò più, lustrissimo.

FERDINANDO. Non c'è altro poi?...

TONIO. (con mistero) Eh!... ci sarebbe... oh, ci sarebbe... Mi fido di lei, lustrissimo; ma se il padrone lo sapesse!... ih! ih! ih!...

FERDINANDO. (dandogli un'altra moneta) Non temete. Ho interesse di saperlo per il bene della famiglia; ma non dirò nulla al signor Montalti.

TONIO. (con mistero) C'è... c'è ... che il signorino m'ha mandato qualche volta con regali da una bella signora... ih!... ih!...

FERDINANDO. (piano a Giorgio) Ci siamo! (forte) Come si chiama quella bella signora?

TONIO. M'ha detto di domandare della signora contessa di Pietra... no... di Rocca... nera...

GIORGIO. Di Roccabruna?

TONIO. Sì, sì, lustrissimo! proprio quella! In via Borgognissanti?

FERDINANDO. (sottovoce a Giorgio) Imprudente! (forte) Ah... sì. Avremo udito qualche volta questo nome... E poi?

TONIO. E poi non c'è altro, lustrissimo.

FERDINANDO. (severamente) Non vi ho detto di narrarmi i fatti dei vostri padroni... Solamente pel bene della famiglia, è meglio che voi abbiate voluto informarcene... Sta bene.

TONIO. Lustrissimo, mi raccomando!...

FERDINANDO. Non ci pensate.

TONIO. (ritirandosi con mistero) È che da basso mi hanno detto che quella signora contessa è una di quelle contesse!... ma!... coi fiocchi! (parte).

SCENA II

Ferdinando e *Giorgio* indi *Maria* di dentro

GIORGIO. Che imbecille!

FERDINANDO. Anche costui può essere utile, signor marchesino, quando c'è la volontà divina.

GIORGIO. Al contrario. Non so persuadermi come possiate servirvi di uno stupido di quella fatta.

FERDINANDO. Eppure vedete che abbiamo saputo quello che volevamo sapere.

GIORGIO. In famiglia c'è del malumore! oh, c'è! Quel Carlo ci seconda ch'è un amore a vederlo fare!

FERDINANDO. Da quanto in qua non avete veduto la contessa?

GIORGIO. Da ieri l'altro.

FERDINANDO. Le avete detto di far ricapitare come per isbaglio la lettera al padre, onde esser sicura di venirle pagate quelle noterelle?

GIORGIO. Gliel'ho scritto.

FERDINANDO. (vivamente) Imprudente!

GIORGIO. Perche?

FERDINANDO. Scrivere!... Una lettera che vi potrà compromettere!...

GIORGIO. Voi non m'avete suggerito quell'idea che a pranzo. La sera avevo un appuntamento colla Norina al quale non avrei mancato per tutto l'oro del mondo; quindi credetti salvare la capra e i cavoli andando dalla Norina e scrivendo alla Giulia... del resto non ho alcun timore; la contessa è tutta mia e non sarebbe mai capace... Ma giacché mi ci fate pensare, uno di questi giorni anderò a domandargliela per distruggerla.

FERDINANDO. Non lo dimenticate. E Carlo è ancora innamorato?

GIORGIO. Più che mai.

FERDINANDO. (fregandosi le mani) Va bene! va benissimo! (ravvedendosi con ipocrisia) Sia fatta la volontà del Signore!

GIORGIO. (ridendo ironico) Che per voi deve essere la cosa più comoda di questo mondo.

FERDINANDO. Giorgio!...

GIORGIO. Oh! guardiamoci in faccia, signor Codini... Mi fate il torto di credere che possiate illudere anche me colle vostre ipocrisie? O in voi l'ipocrisia è già fatta natura?

FERDINANDO. (spaventato) Silenzio! per l'amor di Dio!... Imprudente!

GIORGIO. Non c'è imprudente che tenga! se trovo il mio conto a fare il collotorto come voi, mi riserbo poi la libertà di ridere dei brutti visucci che facciamo entrambi. Voglio potervi dire: Maestro, io sono un cattivo soggetto, ma voi siete un furbo matricolato!

FERDINANDO. (alza con compunzione le mani e gli occhi al cielo).

GIORGIO. Tempo perduto, mio caro; ci conosciamo. Io, marchese di S. Giocondo, completamente rovinato (in parentesi) pel gioco e le donne, fo al caso vostro, villano rifatto che volete farvi avanti. M'avete detto: Innamorate la signorina Montalti; sposatela, ed io vi aiuterò. Voi diverrete il sostegno del nostro partito, e col vostro nome, il vostro ingegno (bontà vostra, veh!) ed il denaro che vi verrà dalla dote sarete in grado di renderci servigi più importanti di quelli che possa renderci un deputato imbecille come il Montalti. Voi siete giovane, risoluto, audace; avete bisogno di una posizione, è perciò che avete abbracciato il nostro partito; noi ve la faremo a patto che voi ci sosteniate alla vostra volta, io mi contenterò di un terzo della dote per senseria. Contratto fatto.

FERDINANDO. Tutto pel servigio di Dio e pel meglio della sua Chiesa, marchesino!

GIORGIO. Giuraddio ch'è troppo sfrontataggine!

(Maria dall'interno)

MARIA. Giorgio, siete lì?

GIORGIO. Sì, mia cara Maria, impaziente di vedervi e...

MARIA. E... ditelo pure.

GIORGIO. E di adorarvi davvicino (facendo boccaccia; a Ferdinando sottovoce) Va bene così?

FERDINANDO. (Gli fa cenno di non compromettersi).

MARIA. Non vi credo.

GIORGIO. Cattiva! Non sapete che ardo del desiderio di provarvelo?

MARIA. Finisco la mia toletta e vengo subito a leggervi negli occhi se mentite.

GIORGIO. Vi leggerete ch'io sono pazzo per voi.

MARIA. Se fosse vero! È un pezzo che siete lì?

GIORGIO. Dacché voi non ci siete mi pare un secolo.

MARIA. Se avete aspettato un secolo mi accorderete altri cinque minuti.

GIORGIO. Pensate che sono eterni per me (facendo boccaccia derisoria).

FERDINANDO. Giovanotto! giovanotto! Prudenza! prudenza!

GIORGIO. Eh! signore, la Maria è cotta d'amore per me.

FERDINANDO. Non bisogna mai troppo fidarsi...

GIORGIO. (con millanteria) Se mi fido ne avrò le mie buone ragioni. Maria va pazza per me; sono il beniamino della madre; il migliore amico di Carlo... che in capo a poche settimane ho reso (*sic*) la pratica di tutte le case equivoche, di tutte le taverne della capitale, e che ho presentato a quel demonietto della contessa. Il merlotto ama la vita allegra, e in poco tempo ne ho fatto un discolo, in fede mia, sufficientemente discreto; e per giunta l'ho messo in urto col padre. Le cose non possono essere meglio avviate, mi pare!

FERDINANDO. Sino a questo punto sì; ma domani, tutt'a un tratto, può sorgere qualche cosa di nuovo, un caso inaspettato, ed ecco rovinate le miglior previsioni, la combinazione meglio fondata e pazientemente condotta, il vostro matrimonio colla Maria e...

GIORGIO. E la diseredazione di Carlo prima di tutto; badateci; io non scendo a patti di sorta. Se mi adatto a far la corte alla vecchia, e sposare Maria è perché io sia il solo erede delle ricchezze di Montalti.

FERDINANDO. La diseredazione non è più ammessa che in rarissimi casi... Ma ci penseremo... ci abbiamo pensato, giovanotto... Una donazione pel disponibile... atti di vendita abilmente simulati... Prima di tutto bisogna metter Carlo in urto con tutta la sua famiglia... col padre specialmente, poiché della madre faccio quello che voglio; egli ci arriverà colla condotta che mena... Se riesce il colpo che abbiamo combinato stasera...

GIORGIO. Ma se ancora non abbiamo ottenuto nulla di positivo?... ed intanto le nozze si faranno prestissimo...

FERDINANDO. Non temete, non temete; sino ad ora si è lavorato alla larga; ora verremo all'assalto e vi prometto che otterremo ogni cosa.

GIORGIO. Tutto pel miglior servigio di Dio, eh!?

FERDINANDO. (ipocritamente) L'uomo può fallare; ma l'intenzione...

GIORGIO. L'inferno è lastricato di buone intenzioni, mio caro!

SCENA III

Maria, Emilia, abbagliata con caricatura provinciale, e detti.

MARIA. (a Giorgio) Guardatemi negli occhi, signorino.

GIORGIO. (baciandole la mano) Non oso farlo, Maria, son troppo belli i vostri.

EMILIA. (a Ferdinando) Carissimo dottore! (a Giorgio) Illustrissimo signor marchesino!

GIORGIO. (baciandole la mano) Oggi è il giorno natalizio della Maria. Vorrà permettermi, egregia signora, che le presenti, insieme a questi poveri fiori, le mie felicitazioni più sincere? (dando i fiori a Maria).

MARIA. Oh, come son belli!... Grazie, Giorgio!

FERDINANDO. (piano ad Emilia) Che raro esempio di moralità in mezzo alla corruzione della gioventù del giorno, eh? Egli non ha nemmeno l'ardire di fare un complimento alla fidanzata senza il vostro materno permesso. (forte) Anch'io ho pensato alla signorina; però se il mio dono è meno vistoso è molto più interessante e proficuo. Signorina, eccovi il «Vero Mese Mariano» (le presenta il libro) Raccolta di poesie ed orazioni in onore della Beata Vergine di cui portate il nome.

EMILIA. Sempre il nostro pio e degno dottore, amico impareggiabile (siedono).

GIORGIO. Sebbene il mio dono sia alquanto mondano, pure non vi è dimenticata la solenne ricorrenza che rammenta. Vi prego, Maria, di leggere quel che vi è ricamato sul nastro.

MARIA. (legge) «Te festeggiando inneggio con questa occasione

Alla divina Vergine. Che combinazione!»

FERDINANDO. Bello!... ammirabile!... stupendo!...

EMILIA. Benissimo, signor marchesino... degno amico di questo caro dottore.

GIORGIO. (modestamente) Oh! signora!... Si dice quel che si ha in cuore... la Religione...

MARIA. (chiamando) Giorgio.

GIORGIO. Che volete? (andando a lei).

MARIA. (sottovoce) Non avete trovato altro che questi stupidi versi per farmi un complimento?

GIORGIO. (come sopra) Sapete che il miglior complimento che possa farvi è quello di amarvi come v'amo, e di rimanere estatico dinanzi a voi come rimango in questo momento.

MARIA. Adulatore!

GIORGIO. Non mi credete?

MARIA. (guardandosi allo specchio con civetteria e sorridendo) No!

GIORGIO. (additando lo specchio) Ecco lì un adulatore più entusiasta di me.

MARIA. (sorridendo come sopra) Come mi trovate stasera? (acconciandosi allo specchio).

GIORGIO. Come sempre: adorabile!

FERDINANDO. (ad Emilia additando i giovani) Giovinezza!

EMILIA. Età felice!

FERDINANDO. Età critica in cui è un favore privilegiato dal Cielo quando si possono incontrare cuori ingenui e costumi esemplari come quelli dei nostri ragazzi.

EMILIA. Io la devo a voi questa fortuna, caro dottore.

FERDINANDO. Oh... egregia amica...

EMILIA. Voi non solo ci avete fatto il favore di accompagnarci qui e di sostenerci e guidarci nella difficile scelta delle nostre conoscenze e attraverso i pericoli di una grande città, ma ci avete proprio fatto un vero regalo procurandoci la conoscenza dell'illustrissimo signor marchesino di S. Giocondo. E non devo ai vostri sforzi, alla vostra profonda amicizia per noi questo matrimonio fra il marchese e la mia cara Maria?

FERDINANDO. Io sono fortunatissimo, mia degna signora, potendo rendervi servigio.. e mi basta la soddisfazione della coscienza di aver fatto entrare nella vostra pia e devota famiglia un giovane come il signor marchesino, che per moralità di costumi e devozione preclara è degno di accompagnarsi a quel tesoro ch'è la cara Maria, per render gloria a Dio e vivere sotto la sua Santa Custodia.

EMILIA. Così sia, così sia, mio caro dottore! Quei due giovani sembrano fatti l'uno per l'altra.

FERDINANDO. Ed il signor Montalti che ne dice di questo matrimonio?

EMILIA. Contentone! contentone anche lui!

SCENA IV

Prospero, dal fondo e detti.

FERDINANDO. (andandogli incontro) Il nostro carissimo onorevole!

GIORGIO. (salutando) Illustrissimo signor deputato!

PROSPERO. (di cattivo umore) Buona sera! buona sera, signori (tossisce) Uhm!... uhm!

EMILIA. Siete raffreddato?

PROSPERO. Uhm!... uhm!... E che raffreddore!... Non è la miglior cosa parlare alla Camera... discutere gli alti interessi dello Stato (con gravità) Uhm! uhm! uhm!.. Si suda!... oh, si suda come bestie, si perde la voce... poi quel zefiretto che vi colpisce in Piazza della Signoria!...

GIORGIO. Che c'è di nuovo, onorevole signor Montalti? Che si dice in Palazzo Vecchio.

FERDINANDO. Il nostro onorevole amico avrà avuto qualche altro splendido successo giacché ha parlato!...

PROSPERO. Eh! eh!... successo... uhm! uhm!... Sicuro, per bacco!... avrei dovuto ottenerlo!... Ma quando si è della minoranza...

FERDINANDO. Nequizie d'uomini e di tempi!

EMILIA. Tempi che annunziano la fine del mondo!

FERDINANDO. Interrompere l'eloquente parola al nostro onorevole Montalti!...

GIORGIO. Non sanno quel che si fanno!

FERDINANDO. Sono come gli increduli della Bibbia: hanno occhi e non vedono, orecchie e non odono.

PROSPERO. Ma hanno bocche, però!... bocche indemoniate!... E se ne servono per fischiare e per fare il diavoletto quando un galantuomo si alza per parlare del Potere Temporale, delle Corporazioni religiose... Vi scompigliano la mente vi fanno perdere il filo delle idee... talché credete di parlare del Santo Padre e parlate del Montepulciano, confondete le Corporazioni Religiose col Dazio Consumo... Vi assordano, vi accecano... non sapete più né quel che vi dite né quel che fate; prendete il cappello e andate via... Oh, non son tutte rose quelle che spuntano sulla vita del deputato!... In fede mia, che quasi quasi sarei stanco della medaglia!

FERDINANDO. Perseveranza, mio degno ed onorevole amico! Perseveranza!

GIORGIO. Pulsate et aperietur vobis.

SCENA V

Tonio indi *Alberto* e *Rodolfo*.

TONIO. Sono arrivati due forestieri, lustrissimo.

PROSPERO. Due forestieri! Che diavolo dici? O che la mia casa è locanda!?

TONIO. Domandano di lei... lustrissimo.

PROSPERO. Hanno detto chi sono?

Tonio. Anderò a domandarglielo, lustrissimo.

Prospero. Falli entrare piuttosto, asino! (Tonio esce) Questo domestico che mi procuraste, dottor Ferdinando carissimo, è un'oca! Sarebbe mai Alberto uno dei due forestieri? (verso la scena) Sì, sì, è lui! Caro Alberto! Avanti, avanti!

Alberto. (abbracciandolo) Amico mio! (ad Emilia) Signora! Vi trovo bene; tutti benone! Anche voi, Maria! Vi trovo più grande e più bella.

Maria. Grazie, signor Varesi (guardando Giorgio).

Rodolfo. E molto più elegante, signorina. Una vera lionne!

Giorgio. (piano a Maria) Chi è quel bel modello di provinciale?

Maria. (additando Rodolfo) Un amico di casa, il signor Rodolfo Zanotti.

Prospero. Mio caro Alberto, Rodolfo, non potete immaginarvi il piacere che io provo nel rivedervi. Resterete qualche giorno?

Alberto. No; abbiamo fatto questa corsa per venirvi a vedere, godere con voi il giorno natalizio della Maria, e ripartire domani.

Rodolfo. Soltanto il tempo di divorare una dozzina di pasticcini e di raccogliere le impressioni di viaggio per metterci in grado di parlare per un mese delle meraviglie di Firenze.

Prospero. Così presto! La vedremo, la vedremo! Vi arresto; v'imprigiono, resterete in casa mia. Emilia, ti prego di far subito allestire due camere pei nostri vecchi del paese... Eh! ... i vecchi amici... (ad Alberto) Faremo una partita di tresette. Ti ricordi, eh!?... le belle partite di tresette dallo speziale?

Maria. Ci vado anch'io, babbo. Farò mettere in ordine la camera pel signor Alberto, il quale, in compenso, mi dirà poi quel che si è detto della nostra partenza, non è vero? (ad Alberto) Il visaccio che avranno fatto certune! (esce dalla destra).

Emilia. (piano a Ferdinando) Ci mancava quest'altra seccatura!

Ferdinando. (come sopra) Pazienza, pazienza, mia egregia amica; pazienza!... coi nemici soprattutto. Per me uso la prudenza di allontanarmi dal contatto di quello scomunicato!

Emilia. (come sopra) E noi dunque?

Ferdinando. (come sopra) Pazienza, vi ripeto.

Emilia. (come sopra) Mi ci adatto perché lo dite voi. Ma dove andate? Non restate a prendere il the con noi?

Ferdinando. (come sopra) Vi pare!... Un par mio!... Diletti profani!...

Emilia. (c.s.) Non me lo avete sconsigliato però...

Ferdinando. (c.s.) Certamente; purché non si tratti di ballo, di quel sollazzo scandaloso!

Emilia. (c.s.) Non si farà altro che prendere il the. Ebbene?

Ferdinando. (c.s.) In tal caso ritornerò. Vado a prendere la signora Beghini, la pia protettrice delle Dame del Sacro Obolo, che vi consigliai d'invitare.

Emilia. Vi aspetto, dunque (esce dalla destra; Ferdinando esce dal fondo).

SCENA VI

Prospero, Alberto, Giorgio, Rodolfo.

ALBERTO. E così, come va? come va, mio caro Prospero? Come ti ci trovi a fare l'onorevole?

PROSPERO. Eh! mica male... mica male... Uhm! uhm! ... Se non fosse per i raffreddori...

RODOLFO. Non c'è rosa senza spine.

PROSPERO. E che spine! Cardi... cardi addirittura!

GIORGIO. Il nostro onorevole deputato intende parlare delle amarezze che si provano vedendo disconosciuti e calpestati in seno al Parlamento i più sani principii e cause più sante.

RODOLFO. (da sé) Tò!... un tartufo allievo!

PROSPERO. Eh! certo! certo!... Uhm! uhm! Se ascoltassero i sani principii... Se quando un galantuomo parla delle cause più sante non gli gridassero oh! oh!... non gli fischiassero!...

RODOLFO. Quando il pubblico fischia è segno che non gli piace la rappresentazione.

GIORGIO. Bisogna perseverare; bisogna restar fermo al posto quando si tratta di difendere gli interessi della nostra sacrosanta Religione (inchinando il capo).

RODOLFO. (da sé) Quasi quasi mi pento d'esser venuto se devo vedermi sempre dinanzi simili colli-torti.

PROSPERO. Sissignore; si persevera, si resta fermo sino a quando si ode qualche fischio, sino a quando non cominciate ad imbrogliarvi... Ma quando poi sorge la tempesta, i basta! zitto! e qualche cosa di peggio... e cominciate a smarrire le idee, a confondere la società enologica con l'imposta prediale... come si fa a star fermo, dico io?...

RODOLFO. (ironico) Quanto mi rincresce di non aver assistito a qualcheduno dei suoi discorsi! (a Prospero).

PROSPERO. Oh! avreste udito, Rodolfo caro! che roba! che fior di roba!... Ma non parlo più... non apro più bocca!... Oh non apro più bocca! Mi contento di veder le mosche a volare, di far pallottoline di carta.

RODOLFO. Occupazione che dividerà con molti suoi onorevoli colleghi.

ALBERTO. (piano a Prospero) Te l'avevo detto. Ti sei messo su di una falsa strada.

PROSPERO. Che vuoi?... Infine... se mi lasciassero parlare... se potessi spiegarmi...

RODOLFO. Ah! signor Prospero, se si potesse mettere su una partita di tresette col vicino di banco, naturalmente amico politico, eh?!

ALBERTO. (a Prospero) È la festa della Maria, e non si deve parlare che di stare allegri... Ma se vorrai ascoltarmi domani... se crederai all'interesse che prendo di te e della tua riputazione... Aspetti gente stasera?

PROSPERO. (gonfiandosi) Eh! eh!... che gente! Vedrai, vedrai, amico mio. Son contentone che tu sii arrivato a tempo... quasi tutti i miei colleghi! Aristocratici puro sangue!... Professori!...

28

Diplomatici!... E... e... in confidenza ti posso anche dire all'orecchio... che spero... che mi si è fatto credere... che un alto personaggio, ma molto alto!...

GIORGIO. È indubitabile, egregio signor Montalti. Sua Eccellenza me lo promise all'udienza di stamattina.

PROSPERO (gongolante) Lo sentite! lo sentite!

SCENA VII

Tonio con lettere e giornali e detti.

PROSPERO. (a Tonio) Sono arrivati ora quei giornali e quelle lettere?

TONIO. Lustrissimo sì; il fattorino li ha lasciati a momenti.

PROSPERO. Va bene; mettili su quel tavolino. Che c'è altro? (vedendo Tonio che rimane immobile).

TONIO. Ce n'è una per l'illustrissimo signor marchesino che un ragazzo lasciò poco fa dicendo che era urgente.

PROSPERO. Dagliela, imbecille! e vattene.

TONIO. (cerca la lettera fra le altre, la dà a Giorgio e parte).

GIORGIO. Con permesso (apre la lettera) Di Codini! (legge) «Bisogna affrettare; quell'amico di Prospero ora giunto attraverserà tutti i nostri disegni. È meglio che lo scandalo accada stasera. Fate quanto sapete; andate dalla contessa, e se potete, a trovare Carlo!» (a Prospero) Vorrà permettermi, onorevole signor Prospero, che mi assenti un momento per sbrigare un affare urgentissimo, che questa lettera mi ricorda?

PROSPERO. Si accomodi, si accomodi pure, signor marchesino. Ma non tardi molto... Quella povera Maria... lo sa?!...

GIORGIO. La prego appunto di fare le mie scuse alle signore, e di assicurarle che mi darò tutta la premura di ritornar subito (esce).

SCENA VIII

Prospero, Alberto e Rodolfo.

ALBERTO. È una conoscenza che ti ha fatto fare il dottor Codini questa?

PROSPERO. Sì: il signor marchesino di S. Giocondo!... E... non sai nulla?... Maria va sposa.

ALBERTO. Va sposa?

PROSPERO. Al marchesino in persona; ne più ne meno!

RODOLFO. Che peccato!

PROSPERO. Come? come?...

RODOLFO. Volevo dire che peccato che non lo avessimo saputo prima onde fare le nostre congratulazioni agli sposi.

ALBERTO. Ed è un matrimonio combinato dal Codini, senza dubbio?

PROSPERO. Certo; dal Codini e da mia moglie. Che ne dici, eh?... Un matrimonione!...

ALBERTO. (freddamente) Me ne congratulo.

RODOLFO. E di Carlo che n'è che non l'ho visto?

PROSPERO. (sospirando) Ecco la mia afflizione! la spina del mio cuore! Eh!!! Carlo mi da molti dispiaceri da quando siamo a Firenze!

RODOLFO. Lo credo. Si stancherà molto a correre dietro le fioraie!

PROSPERO. Altro che!... altro che!... Sapere che stasera è la festa di sua sorella e non curarsi di prendervi parte! Lo vedo appena... Le mie occupazioni alla Camera... Credetemi, amici, che sono afflittissimo su questo punto. Mio figlio travia; mio figlio si perde!... Alla Camera mi si fischia invece di applaudirmi... In fede mia che se non fosse per il matrimonio di Maria sarei ben stanco di Firenze e vi lascerei il mio onorevole, e la mia medaglia (Va di cattivo umore a scorrere alcuni giornali) Ecco qui... i soliti complimenti che mi si fanno!... parolacce, in petto a cui quelle che fecero abbaruffare Carlo erano rose e fiori. Leggete, leggete!... il meno che mi si possa dire è austricante, protettore dei briganti... io che basisco se si torce il collo a una gallina dinanzi a me! Sono un onest'uomo infine!... E queste caricature... indecenze! porcherie!... stenterello travestito da sagrestano... pulcinella che è condotto per il naso da un frate... ed in tutti il mio ritratto! la mia faccia da galantuomo! Se si sopprimessero i giornali!... quelli con caricature in ispecie! (scorre alcune lettere) E queste altre!... al solito... domande d'impieghi dei miei elettori... seccature! Mi rinfacciano il voto dato (legge) «Se non fosse stato per me non sareste mai uscito dalla vostra cantina, ed ora che ho bisogno di voi e vi domando di farmi ottenere un miserabile impiego di 6000 lire fate il sordo!» Se parlo un'altra volta alla Camera è per proporre un'affrancatura di 5 lire obbligatoria per le lettere da mandare ai deputati... Siamo invasi... annegati... si affoga in mezzo a lettere di ogni dimensione... Che se lo tengano il loro voto! Se sapessero quello che si gode a fare il deputato!... Ah! Alberto! il bel tempo che facevamo il nostro tresette dallo speziale!...

ALBERTO. Ne parleremo, ne parleremo, Prospero.

PROSPERO. Ne sono stanco! Seccature, e poi nient'altro che seccature!... Strapazzi, urli, fischi... insulti!... Mia moglie dice che son debole, che non so farmi rendere ragione; il dottor Ferdinando che bisogna soffrire per meritare... che i santi sono santi perché subirono il martirio... Diavolo! che voglia farmi subire anche il martirio colui?!

RODOLFO. Non ci pensi, signor Montalti. Se fossero quei beati tempi il dottor Ferdinando, e quelli della sua, riserverebbero ad altri questo piacere.

PROSPERO. Quello che più m'accora è la condotta di Carlo. Quel giovinastro mi mette colle spalle al muro.

ALBERTO. Coraggio, amico mio; non ti rinfaccio quello che ti predissi, ma ti dico che ancora sei in tempo per toglierti da questi guai. Io ti aiuterò per quanto mi sarà possibile. A domani. Passo un momento in camera a spolverarmi onde farti onore presso Sua Eccellenza (esce dalla destra).

RODOLFO. In quanto a me mi lusingo che Sua Eccellenza troverà di suo gusto l'unico abito che mi trovo disponibile. Vien gente e non voglio perdere un minuto della festa.

SCENA IX

Sassarini ed altri *invitati, Emilia e Maria.*

SASSARINI. Riveriti, illustrissimi signori! (a Montalti) Padrone mio colendissimo.

PROSPERO. (guardando sorpreso gli invitati che si inchinano senza parlare) Umilissimo servitore! S'accomodino. In che posso servirli?

SASSARINI. Approfittiamo del gentilissimo invito con molto piacere poiché si tratta di una famiglia che tutti i buoni citano a modello.

PROSPERO. Grazie, grazie. (a Rodolfo piano) Chi sono? Non li conosco.

MARIA. Tutto è in ordine, babbo.

PROSPERO. (ad Emilia) Hai dato un'occhiata ai preparativi della?... Sai bene.. aspettiamo Sua Eccellenza!... (con enfasi).

EMILIA. Vengo di là. Oh! il signor Sassarini (presentandolo) Economo della Pia casa delle Orfanelle. Che degnazione, signor Sassarini carissimo! Quale onore! (riconoscendo gli altri invitati) Il signor procuratore di S. Maria Novella!... Il reverendo segretario di Monsignor Arcivescovo!... L'illustrissimo signor Auditore della Sacra Rota!...

SASSARINI. (ripetendo il complimento come se glielo avessero imparato a memoria) Approfittiamo del gentilissimo invito con molto piacere poiché si tratta di una famiglia che tutti i buoni citano a modello.

RODOLFO. (piano a Prospero) Sarà della specie dei pappagalli quel signore.

MARIA. E Giorgio?

PROSPERO. Verrà a momenti.

RODOLFO. (a Maria) Vi fo i miei complimenti, signorina; andate sposa?

MARIA. (arrossendo) Chi lo sa ancora?... In ogni caso grazie.

RODOLFO. E di cuore eh!?

PROSPERO. (consultando l'orologio) Le undici, e ancora non si vede alcuno!

RODOLFO. Non lo sa che è di moda andare molto tardi alle più aristocratiche riunioni?

PROSPERO. Se avessi prima conosciuto questa moda aristocratica avrei risparmiato per due chilogrammi di candele (piano a Rodolfo).

RODOLFO. (a Prospero in disparte) Ma osservi che occhiate furibonde lancia il Pappagallo verso la porta!... Sta col naso al vento.

PROSPERO. (come sopra) Che aspetta?

RODOLFO. (c.s.) Per bacco! il the e le paste.

PROSPERO. (c.s.) Se non vengono altri vuole star fresco!

RODOLFO. (c.s.) Scommetto che quando vedrà nel pieno esercizio delle loro funzioni quelle formidabili mascelle, non le rincrescerà che Sua Eccellenza non sia venuto. Ho un occhio pratico per queste cose.

EMILIA. Signor Sassarini pregiatissimo, che dicono le orfanelle?

SASSARINI. Eh! eh!... signora colendissima... credo che... credo che dormano a quest'ora.

RODOLFO. Cospetto! che portento l'immaginazione!

EMILIA. L'Istituto va bene?

SASSARINI. Eh! eh! ... come i tempi... come i tempi, signora colendissima... Il Governo... le imposte...

RODOLFO. (da sé). È il tuono più basso dell'ottava reazionaria quel signore (vedendo entrare Ferdinando) Ed ecco il tuono più alto, il si di petto!

SCENA X

Ferdinando, accompagnando la *Signora Beghini* e detti.

FERDINANDO. Che bella adunanza! che bella adunanza! Riverisco l'illustrissima società. Signora Emilia, godo in trovarvi in sì esemplare compagnia. Ho l'onore di presentare l'illustrissima signora Beghini; la quale si è decisa soltanto a rompere l'austerità delle sue abitudini onde venire a fare la conoscenza di una famiglia così rispettabile che tutti segnano a dito. (a Prospero) Onorevole amico, avete una splendida società!

PROSPERO. Uhm! uhm!... Eh! eh!... vi pare?... se è tutta questa non faceva conto...

FERDINANDO. Bella! bella! splendida!

MARIA. Dio! che splendore! (piano a Rodolfo).

RODOLFO. Eh! signorina. Con una società di Beghini e di Sassarini!...

MARIA. Sempre maldicente!

RODOLFO. Non ho mai potuto esserlo verso di voi.

EMILIA. Intanto per animare la società...

FERDINANDO. Sì per animare la società propongo un trattenimento che ha nello stesso tempo uno scopo sublime: una colletta per l'obolo di S. Pietro.

RODOLFO. (da sé) È divenuta un antro di reazione questa casa!

EMILIA. Che bella idea!

PROSPERO. Però... faccio osservare... non saprei, come deputato...

EMILIA. (dandogli sulla voce) Oibò! Prospero... vergogna!... L'obolo sacro!

FERDINANDO. Che! non sareste più cristiano?! Non sareste più figlio della Chiesa, mio onorevole amico?!... Oh! ma voi siete di un'esemplare devozione, voi siete il modello dei deputati (comincia a raccogliere in giro su di un vassoio).

PROSPERO. Oh! oh! non dico... È vero... la morale... la Religione... sono cose... ecco cinque lire!

FERDINANDO. (ad Emilia) A voi, egregia signora Emilia; distinguetevi al vostro solito.

EMILIA. (si stacca una catenella) Ecco!

FERDINANDO. Donna esemplare! Voi, Maria?

MARIA. Ho ben poco da offrire io.

EMILIA. Via; dona qualche cosa (sottovoce) Vergogna! innanzi a gente così chiara per devozione! (Forte) Ecco per mia figlia! (si stacca un braccialetto).

FERDINANDO. Eroina! (Va in giro per tutti gli altri invitati i quali fingono di cercarsi addosso e non trovarsi denaro. Presenta il vassoio a Rodolfo).

RODOLFO. Le pare! Azzardarmi a far la carità a S. Pietro!... (Ferdinando lo presenta a Sassarini il quale tenta di toglierglielo dalle mani).

FERDINANDO. Si distingua anche lei, egregio signor Sassarini.

SASSARINI. (tentando di prendere il vassoio) Mi distinguerò... Oh, stia sicuro che mi distinguerò! Dia qui la raccolta; vi aggiungerò per un chilogrammo d'oro del mio... li farò fondere... ne faremo un anello colossale da offrire all'angelico Pio IX pel suo anniversario...

RODOLFO. (da sé) Che te lo mettano al collo del piede quell'anello! Giammai anello di galeotto fu più meritato!

FERDINANDO. Si risparmii; si risparmii!

SIGNORA BEGHINI. (borbottando) Quel signor Sassarini vorrebbe sempre carpire tutto lui... È un ladro sfacciato ed insaziabile!

FERDINANDO. Che bella ed esemplare società! Che trattenimenti ammirevoli! Per cambiare di passatempo comunicherò alla compagnia il bel progetto che si è messo innanzi; cioè, d'istituire una Pia Società di Dame che avrà per iscopo d'aver cura delle zitelle traviate.

EMILIA. Oh! la pia istituzione! Voi ne siete il promotore, senza dubbio?

FERDINANDO. (con modestia)... Signora!...

EMILIA. Via!... vi conosciamo, vi conosciamo, uomo esemplare!

SIGNORA BEGHINI. Vi conosciamo!...

FERDINANDO. E si è proposto di darne la presidenza a voi, pregiatissima signora Emilia, e la vice presidenza alla signorina (indicando Maria)

SIGNORA BEGHINI. (con dispetto, da sé) Tutto per costoro!... Se non fosse per... gli vorrei dire il fatto mio...

SASSARINI. (con premura) E l'amministrazione chi la terrà?

RODOLFO. Eh, mio caro signor Pappag... non so il suo nome, trattandosi di una società per donzelle traviate ci sarà poco da amministrare.

SCENA XI

Giorgio e detti.

GIORGIO. Buona sera, signore e signori.

MARIA. Finalmente! Dove siete stato, signorino? (a Giorgio sottovoce).

GIORGIO. Vi avevo pur fatto le mie scuse per mezzo di vostro padre... Un affare urgentissimo...

MARIA. Eh!... li so questi affari che si trovano sempre quando si tratta di scappar via! ...

GIORGIO. Sapete che la mia maggior felicità è di starvi vicino, e che non merito questo rimprovero; del resto vi domando perdono di nuovo.

MARIA. Siete sempre sicuro di ottenerlo: è perciò che peccate spesso.

FERDINANDO. (avvicinandosi a Giorgio sottovoce) È fatta?

GIORGIO. (come sopra) È fatta!

FERDINANDO. (c.s.) E Carlo?

GIORGIO. (c.s.) Sarà qui a momenti.

EMILIA. (piano a Prospero) Faccio servire il the?

PROSPERO. (sottovoce) Ti pare!... per quei quattro gatti affamati!?...

EMILIA. (come sopra) Come parlate leggermente di così stimabili persone!

PROSPERO. (come sopra) Fa pure quel che ti piace. (guardando l'orologio) Undici e mezzo, e ancora nessuno! (ad alta voce) Signor marchesino, come va che Sua Eccellenza non si faccia vedere?

GIORGIO. Verrà, verrà, mio caro signore; a meno che non si sia applicate le mignatte, come ha l'abitudine ogni quindici giorni.

RODOLFO. Allora è certo che Sua Eccellenza avrà le mignatte addosso!

PROSPERO. (chiamando con enfasi) Ehi! della servitù!

SCENA XII

Tonio e detti.

TONIO. Lustrissimo.

PROSPERO. Fa' portare il the, il punch, le paste, i liquori e i rinfreschi.

TONIO. (borbottando) Fa' portare! Come se ci fosse altri che io per portare tutta questa roba! (esce).

(Sassarini, la Signora Beghini e gli altri invitati cominciano ad assettarsi come se si preparassero ad un vero assalto).

RODOLFO. (da sé) Misericordia che disposizioni d'attacco!

TONIO. (ritorna con un vassoio di paste in una mano e quello pel the nell'altra. Gli invitati lo accerchiano e pare che vogliano rovesciarlo insieme ai vassoi).

PROSPERO. (di cattivo umore piano a Rodolfo) Che razza di gente è questa?

RODOLFO. (piano a Prospero) Sono antropofaghi! Si salvi chi può!

(Tonio va via e ritorna con altri vassoi pieni. Prospero gli fa dei cenni).

TONIO. Che vuole, lustrissimo?

PROSPERO. (piano) Asino! non recarne tanto alla volta!

TONIO. Ah, va bene! (parte. Prospero va in giro e cerca di smorzare qualche candela senza farlo scorgere).

PROSPERO. (borbottando) Che saccheggio! che appetito! Non mi ci colgono più! Se venisse Sua Eccellenza non avrei neppure una crosta di pane da offrirgli.

TONIO. Illustrissimo.

PROSPERO. (irritato) Che c'è? Ancora!...

TONIO. (interdetto) No... non ne porto più... non è per questo.

PROSPERO. Che diavolo dici?

TONIO. Sono in cucina quelli... non li tocco.

PROSPERO. (fa segni in contrario) Spiegati, imbecille!

TONIO. (risoluto) Non vengo per questo, no, non vengo per questo!... Le paste e i rinfreschi che mi ha raccomandato di non portare sono in cucina... Oh, non li tocco io, se non lo comanda! Stia tranquillo... Non vengo per questo...

PROSPERO. Questo diavolo in forma d'asino mi farà perdere la pazienza!

TONIO. (sempre più imbarazzato) Vengo per dirle che di là, in anticamera, aspettano...

PROSPERO. Chi aspetta? Sua Eccellenza forse!... Lumi! lumi! (per accorrere)

TONIO. No, no; la risposta di questa lettera...

PROSPERO. Asino! imbecille! ti caccio via!... perché non dirlo subito? Dalla qui; vediamo cos'è... Forse una scusa di qualche mio collega per non aver potuto... oppure di Sua Eccellenza... Eh!... vediamo; col permesso di loro signori... Capiscono?... sarà forse una scusa di Sua Eccellenza!... (legge):

«Per due cappellini di Parigi. . . . . L. 160

Per un'amazzone di velluto. . . . . L. 520

Per due abiti di stagione. . . . . L. 735

Per biancheria minuta . . . . .L. 400

———————

Totale . . . . L.1815.

Per una broche in brillanti . . . . .L. 1000

Per una paio d'orecchini . . . . .L. 340

Per un braccialetto in brillanti . . . . .L. 1300

———————

Totale . . . . .L. 2640»

(Resta stupito, ricomincia a leggere qualche parola, indi): Che cos'è questo?... Come mi riguarda? Avranno sbagliato indirizzo. Ah! ecco la lettera... Signor Carlo Montalti... è per mio figlio!... (legge):

«Mio caro,» Eh! eh! «Ti acchiudo le noterelle del gioielliere e della sarta. Costoro non vogliono più aspettare e mi annoiano maledettamente per essere pagati. Pensaci tu, mio caro; e se non hai quattrini cavali a babbo Prospero ch'è tanto spilorcio quanto tu sei generoso» (a misura che legge abbassa la voce e si allontana da chi potrebbe ascoltarlo, con segni di collera violenta) Ah! ah!... Per me questi complimenti! (legge):

«La vita allegra che vogliamo fare quando non avrai più nessuno che tenga i cordoni della tua borsa!» Eh! eh!... vi pare! ci metteremo rimedio! ci metteremo rimedio (in collera, legge):

«Dimani alla Pergola si dà la nuova opera d'Apolloni. Fissa un palchetto e viemmi a prendere in carrozza col solito mio mazzo di viole. Tua: Giulia di Roccabruna». Ah, c'è anche un Post scriptum! Sentiamo che dice il post scriptum. (legge):

«Amerei avere qualche cosa di nuovo per domani sera, come un braccialetto o una broche. Non occorre che t'incomodi molto; mi basta una cosetta da 1000 o 1500 lire!» (resta stupito e colla lettera in mano).

TONIO. Che cosa devo dire a quell'uomo che aspetta, lustrissimo?

PROSPERO. (sottovoce arrabbiato) Va al diavolo con lui!

FERDINANDO. (facendo il segno della croce) Pazienza, pazienza, mio caro!... Vediamo che c'è... Perché impazientarvi così?!...

PROSPERO. (come sopra) C'è che quel birichino di mio figlio un giorno o l'altro mi farà fare uno sproposito... 4455 lire!... bagattella! ... bagattella! E ancora ci vorrebbe una cosetta! (con amara ironia)... Così, un 1000 o 1500 lire! Scusate s'è poco! ... Soffoco! soffoco! ... Se non fosse per la gente che ho in casa... per i riguardi del mondo.

FERDINANDO. Pazienza, pazienza, mio onorevole amico!

PROSPERO. (come sopra) Pazienza, eh?! La ce ne vuole! la ce ne vuole!... 4455 lire!... e una cosetta da 1500! Ma mio figlio mi deruba! mio figlio mi rovina!... Mio figlio mi mette sulla paglia!

FERDINANDO. (tirandolo ancora più in disparte) Bisogna pensarci... Non comprometta la dote della Maria...

PROSPERO. Che?! che?! La dote della Maria?!... Vorrei vedere anche questa, corpo di!...

FERDINANDO. Chi lo sa?

PROSPERO. Ci metterò rimedio, ci metterò rimedio!... Lo farò chiudere in una casa di correzione!...

FERDINANDO. Oh, questo poi!... Bisogna essere indulgenti... Pensate alla parabola del figliuol prodigo... Basterebbe semplicemente assicurare la dote della Maria con una buona donazione... si potrebbero anche simulare atti di vendita... Ma Casa di Correzione!... Oibò!

PROSPERO. Donazione?... atti simulati!... Ma questo sarebbe spogliarlo, rovinarlo!... e infine quel birbante è mio figlio...

FERDINANDO. Non capite che sarebbe una semplice minaccia... Poiché quando egli poi sarà per rientrare nel retto sentiero, sua sorella... quell'angelo di morale che tutti conosciamo, senza dubbio avrà la coscienza di restituire...

PROSPERO. Quand'è così vedremo, vedremo... ci penseremo.

FERDINANDO. (piano a Giorgio) E Carlo che non viene!

GIORGIO. (come sopra) Verrà, e conciato per benino!

PROSPERO. (confuso) Domando scusa all'illustre società... Ma quel biglietto inatteso...

TONIO. Che cosa ho da dire, lustrissimo, a quell'uomo che aspetta la risposta?

PROSPERO. Mandalo al diavolo!

TONIO. Credo che non ci vorrà andare. Ha detto che non parte se non è pagato.

PROSPERO. (arrabbiato sottovoce) Zitto! o ti rompo una sedia sulla testa!... Digli che ritorni domani... Digli che pago io... (Tonio esce) Non ne posso più!... Schiatto! schiatto!

FERDINANDO. (piano) Coraggio, mio illustre amico! Ci metteremo rimedio... con una donazione ben combinata!... Ma sempre con carità paterna!...

PROSPERO. Non ne posso più! Ho perduto la testa!... Quel birichino mi sciupa in un'ora 4455 lire... e una cosetta di 1500! Assassino!...

Carlo ubbriaco e detti.

CARLO. Riverisco la compagnia!... Come hai fatto a reclutare questa bella società, babbo?... Sembra la rappresentanza di tutti gli spazzini e i sacrestani di S. Maria Novella!... Eh! eh!... che vedo Giuraddio! (fregandosi gli occhi) C'è anche il bel sesso!... la mostra del sesso bello 50 anni fa!... (alla signora Beghini) Riverita, signora... Oh, bella compagnia!... Babbo, se lo sa Corsini te la ruba, la tua bella società!... Ah! sei qui, Rodolfo? come va? (stringendosi la mano) Che ne dici, eh?... Sei venuto anche tu per la festa?... Fa un po' ballare quell'orso... Giuraddio che vogliamo vederne di belle!...

MARIA. Carlo!...

EMILIA. Figlio mio!...

SASSARINI. È un'indecenza! vado via (prende il cappello e vi mette in fretta quanti dolci può prendere).

SIGNORA BEGHINI. Che scandalo! che scandalo! (borbottando).

RODOLFO. (da sé) È ubbriaco cotto!

GIORGIO. (piano a Ferdinando) Va bene?

FERDINANDO. (come sopra) Va benone!

PROSPERO. (ch'è rimasto attonito) Che scene son queste, signorino?!... Nella casa di vostro padre! nella casa di un deputato... Birbone! ti farò vedere io!...

CARLO. Che cosa di nuovo, babbino?... a meno che non sia il colore dei tuoi marenghi che non vedo da un pezzo...

PROSPERO. Sfacciato! così mi rispondi!... Ah! ci metterò rimedio, ci metterò rimedio!... Hai coraggio di parlarmi di denaro?! Leggete questo, signorino! (porgendogli la lettera).

CARLO. Ah, di Giulia! C'è una noterella... pagherà babbo.

PROSPERO. (esasperato) Babbo non pagherà e ti farà mettere in una Casa di Correzione!

MARIA. (piangendo) Oh! Dio mio!

EMILIA. Signore! che tempi son questi?!... Come cresce la gioventù?!

FERDINANDO. (piano a Giorgio) Ma bene! ma non può andar meglio! (forte) Prudenza! prudenza, signor Prospero! Ricordate il figliuol prodigo!

PROSPERO. Io non ricordo altro che questo birbante mi rovina! mi svergogna dinanzi a tanta gente!... mi uccide!... Io lo farò recludere! io lo farò mettere in prigione insieme a quella svergognata!...

GIORGIO. (sottovoce a Carlo) Non ti perdere d'animo. Tuo padre grida, ma pagherà.

CARLO. Perbacco se pagherà!... Giuraddio!...

RODOLFO. Carlo! che diavolo fai?!...

PROSPERO. (gridando) Minacce!... ah birbante! mascalzone!... Ti farò vedere io! ti farò vedere!... Fuori di questa casa! (ad Emilia e Maria che s'interpongono) Non ascolto più nessuno! Fuori di questa casa!

(Durante questa scena gli invitati avranno saccheggiato i vassoi e partono ad uno ad uno).

Fuori! fuori!... ti caccio via. Non sei più mio figlio!... Svergognarmi! svergognarmi dinanzi ad un'intiera società!...

SASSARINI. (alla signora Beghini) Andiamo via da questa casa scandalosa!

SIGNORA BEGHINI. Oh! non ci metterò più piede!

SASSARINI. (passando dinanzi ai vassoi vuoti senza poter prendere nulla) Più niente! Che spilorci! (partono).

(Maria, Emilia e Rodolfo s'interpongono ed accerchiano Carlo che ubbriaco com'è vuol resistere e gridare).

FERDINANDO. (piano a Prospero) Calma! calma, mio caro! Vi rovinate la bella riputazione!... Senza rumori! senza rumori!... Basterà una buona donazione... e un atto di vendita fatto così alla sordina...

SCENA XIV

Alberto dalla destra, e detti.

ALBERTO. (accorrendo) Che c'è? che c'è Prospero?... Ho udito gridare!...

PROSPERO. C'è che mio figlio mi disonora! mi deruba! Che ho perduto il figlio, la pace, la riputazione!... la testa!... Oh, Dio! come sono disgraziato! come sono disgraziato! (quasi piangendo).

ALBERTO. Ritorna al paese. Non sarai onorevole ma sarai felice!

ATTO TERZO

Salottino in casa della Contessa di Roccabruna. A destra uno specchio; un po' indietro un divano. A sinistra un tavolino con l'occorrente per scrivere. Poltroncine, ecc.

SCENA I

Giulia su di una poltroncina di faccia allo specchio, sbadigliando; *Carlo* appoggiato alla spalliera.

GIULIA. Che noia, Dio mio!

CARLO. Non siete molto obbligante stasera con me!

GIULIA. Al contrario. Amereste meglio che m'infingessi con voi... che amo?

CARLO. M'amate, dite!

GIULIA. Me lo domandate?

CARLO. Come vi amo io?

GIULIA. Vediamo: come mi amate voi?

CARLO. Al delirio, alla pazzia!... Come un uomo che si sentirebbe capace di far miracoli o delitti per quest'amore!... M'amate così voi, Giulia?

GIULIA. Dippiù ancora, se fosse possibile. Fatemi un *cigaretto*.

CARLO. (stizzoso) Siete spietata!

GIULIA. (stringendosi nelle spalle) Dio mio! come siete provinciale e ragazzo, Carlo!

CARLO. Perché mi dite questo?

GIULIA. Perché voi vedete ancora l'amore dal suo lato noioso, direi insopportabile: dal lato dei giuramenti, delle lagrime e delle gelosie... (ridendo) In fede mia che ciò è ben singolare dopo la vita che vi ho fatto fare da due mesi. Lassù, su quel tavolino, troverete il tabacco ed i foglietti.

CARLO. Giulia!

GIULIA. (battendo i piedi con impazienza) Il mio *cigaretto* dunque!

CARLO. (va di malumore al tavolino e fa il cigaretto) Ecco.

GIULIA. (guardandosi a fumare allo specchio) Che noia! Come son brutta stasera!... Che cera!... Che ve ne pare, Carlo?

CARLO. (guardandola nello specchio al di sopra della sua testa) Dico che siete ben capricciosa e ben difficile!

GIULIA. (sorridendo) Davvero? o me lo dite per galanteria?

CARLO. Sapete che vi amo troppo, per poter fare il galante con voi.

GIULIA. Se mi amate tanto, come va che non mi avete recato la *broche* che vi ho domandato?

CARLO. Voi?

GIULIA. Sì ieri.

CARLO. Perdonatemi, ma ieri non m'avete detto nulla.

GIULIA. Vi scrissi, però.

CARLO. Ah! la lettera che leggeva ieri mio padre!...

GIULIA. Tò! l'ha capitata vostro padre quella lettera?

CARLO. Giacché l'aveva in mano...

GIULIA. (fingendosi sorpresa) Come va?! Del resto non importa... L'interessante è che Bigatti e madama Adele sieno pagati. E così? Non rispondete?... Sareste davvero rovinato, come mi si voleva far credere?

CARLO. Rovinato no, poiché non potendo disporre del mio...

GIULIA. Ma non avete un soldo, che vale lo stesso?!...

CARLO. Giulia.

GIULIA. Una meschina *broche* di 1500 lire!...

CARLO. Domani avrete la *broche*.

GIULIA. Non parlo mica per averla; ma mi sorprende come con tutto l'amore estraordinario che mi giurate, non siate in grado di darmene maggiori prove.

CARLO. È segno che sono impossibilitato a darvele... Poiché sapete che per voi!...

GIULIA. Eh! via!... ed alla vostra età, con un padre ricco, forse che si è mai imbarazzati per trovar denaro?!

CARLO. Come fare?

GIULIA. Me lo domandate? Vi supponevo maggior dose di spirito!

CARLO. (vivamente) Vi ho detto che domani avrete la *broche*... ed anche il braccialetto... Volete altro?

GIULIA. Ah no! non li voglio! Non voglio parere di aver parlato per quelle bazzecole, mentre ho detto questo per darvi un buon consiglio da amica di mondo (con un sorriso significativo).

CARLO. Troverò un mezzo per farveli accettare.

GIULIA. (sorridendo) Quale?

CARLO. Vi addormenterò coi baci e quando vi risveglierete ve li troverete addosso!...

GIULIA. Discolo!... (sbadigliando) E così? che facciamo stasera? non andiamo alla Pergola?

CARLO. Perché non avvisarmi onde fissare un palchetto?

GIULIA. Ve l'avevo scritto ed è andato perduto in mano di babbo Prospero. Siamo ancora a tempo, mi pare. Guardate che ora fa.

CARLO. Le otto e mezzo fra poco.

GIULIA. Va benissimo: un'ora per vestirmi e ritornare voi colla chiave del palchetto e la carrozza, mezz'ora per andare...

CARLO. Vorrei che foste un po' più avara del tempo che potete accordarmi!

GIULIA. (con ironia) Non avete denari per la carrozza o pel palchetto forse?!

CARLO. (vivamente) Giulia!... che cuore avete dunque?!

GIULIA. (ridendo) Come siete buono a domandarmelo! Non dimenticate, passando dalla fioraia, di recarmi il mio solito mazzo.

CARLO. È così che mi amate?!...

GIULIA. Spicciatevi, ché non saremmo più a tempo. Avremo tutto l'agio di parlarne poi al teatro.

(Carlo fa un gesto di collera e va via).

SCENA II

Giulia guardandosi allo specchio.

GIULIA. Sciocco... va! Non hai più un soldo e pretendi ancora alla vita allegra!... (stringendosi nelle spalle) Vuoi sapere come ti amo?!... Fo di troppo, mi pare, se ti guardo e ti sorrido... Se tuo padre è spilorcio che ci ho da fare io? Ne ho abbastanza di sospiri e di seccature!... Ma d'imbecilli come te!... Qual differenza con Giorgio di S. Giocondo! Quello sì ch'è un uomo a cui non trema il bacio sulle labbra, né il bicchiere nella destra... né la mano nella scarsella!

SCENA III

Vittorina e detta; indi *Codini*.

VITTORINA. C'è un signore che domanda di vederla.

GIULIA. Chi è?

VITTORINA. Il solito. Ha detto «il vecchio».

GIULIA. Ah! lui!... Che noia! Fallo entrare. (Vittorina esce).

FERDINANDO. (dal fondo) Come va? come va, mia cara contessa? Sempre bella! sempre adorabile!

GIULIA. Sempre galante, signor Codini! malgrado che si annunzii per vecchio.

FERDINANDO. (con galanteria) Vicino a lei si è sempre giovani.

GIULIA. Davvero? Quel caro dottore!...

FERDINANDO. E lei, signora, fa ancora molti invidiosi?

GIULIA. Io? Me ne rincresce; poiché non ne ebbi mai l'intenzione.

FERDINANDO. Le parlo sul serio: io, per esempio, che ho invidiato sempre quel marchesino di S. Giocondo. Giorgio che comincia ad essere invidioso di Carlo Montalti, di quel caro ragazzo!

GIULIA. Ah! ah! Il suo protetto!...

FERDINANDO. Non lo dica tanto forte. L'ho prevenuta che se ho a cuore che sia felice e contento, per quanto potrà esserlo, quel bravo giovanotto, dall'altro lato desidero ch'egli non sappia le premure ch'io ne prendo... fino al punto d'ignorare completamente le mie visite...

GIULIA. Stia pur tranquillo. Dacché Carlo mi fu presentato dal marchesino non si è mai parlato di lei.

FERDINANDO. Non trova giusto il mio desiderio? Alla mia età se si può avere a cuore la felicità di un giovanotto che si ama, se si può far le viste di chiudere un occhio sulle sue scappatelle, non si può poi dimostrare apertamente che le si approvano!...

GIULIA. Ella dice egregiamente; ma per quanto vorrei contentarla devo confessarle però che con Carlo ci guasteremo, un giorno o l'altro.

FERDINANDO. Cattiva! Le basterà il cuore di mettere alla disperazione quel caro ragazzo?

GIULIA. (con cinismo) Se davvero lo mettessi alla disperazione dovrebbe trovare il mezzo di...

FERDINANDO. Eh!... non dice male... Anzi direi che... con un padre straricco come il suo... se non si è stupidi avari...

GIULIA. Ecco che anche lei mi dà ragione!

FERDINANDO. Non posso fare a meno di convenire che... Ma...

GIULIA. Per esempio ancora non son pagate due noterelle di poco conto 4400 o 4450 lire!

FERDINANDO. Una miseria! Ma le dico...

GIULIA. E aggiunga che non avendogli potuto cavar denari ho messo in pratica il mezzo che mi suggerì il marchesino di S. Giocondo e che credetti davvero infallibile.

FERDINANDO. (da sé) Ci siamo! (forte) Quale?

GIULIA. Di far ricapitare, come per isbaglio, la lettera al padre, nel bel mezzo di una società che si teneva in casa Montalti, affinché il vecchio non avesse potuto esimersi di farsi pelare chetamente per evitare pettegolezzi e scandali. Giorgio soggiungeva un poscritto che, in ogni caso, ci sarebbe stato un filantropo cui sta tanto a cuore ch'io non la rompa con Carlo da pagare pel giovanotto.

FERDINANDO. (da sé con dispetto) Imprudente! (forte) Un filantropo?

GIULIA. Sì. Non lo indovinate?

FERDINANDO. No, davvero.

GIULIA. Molto modesto!

FERDINANDO. Sarei curioso di leggere quel poscritto.

GIULIA. È semplicissimo, lo so a memoria: «In ogni caso siate sicura, mia cara Giulia, che, purché questo scandalo accada, vi è chi paga per tutti: il Codini che voi dovete conoscere».

FERDINANDO. (da sé dispettoso) Maladetto! (forte) Non so come il marchesino di S. Giocondo, che non ho l'onore di conoscere intimamente...

GIULIA. S'ella mi fu presentato da lui!

FERDINANDO. Sì; lo pregai di rendermi questo servigio onde procurarmi il mezzo di poter intercedere per quel ragazzo che vorrei veder sempre felice; ma questo non prova ch'io dovessi esser amico del medesimo. Sono di quelle cortesie che si ricambiano fra amici di mezz'ora quelle!

GIULIA. E non vuol permettermi ch'io lo chiami filantropo!...

FERDINANDO. Che vuole? Quando non sì può più godere la vita si ha qualche piacere nel vederla godere agli altri!

GIULIA. (sorridendo) Oh! ma davvero, signor Codini, sono gusti quelli che non attestano molto favorevolmente della sua virtù da giovanotto!...

FERDINANDO. Eh!... eh!... mia cara contessa!... Dicevo dunque che non so capacitarmi come il marchesino abbia potuto scrivere che io avrei pagato purché fosse accaduto lo scandalo... Quasicché io avessi avuto interesse che lo scandalo avvenisse in quella casa.. Ciò mi dispiace, e moltissimo!

GIULIA. Non è poi il caso di farne tanto conto. Giorgio avrà espresso male quello che voleva dire... Perché in fondo è lui che amerebbe veder compromesso il giovane Montalti presso la sua famiglia, e fargliene fare di sì grosse da costringere suo padre a metterlo alla porta.

FERDINANDO. (fingendosi sorpreso) Perché poi?

GIULIA. Come, non sa nulla?

FERDINANDO. Che vuole ch'io sappia?

GIULIA. Il marchesino sposa la sorella di Carlo; quindi se riesce a convincere il suocero che suo figlio lo rovinerà completamente fra pochi mesi, ne avrà in compenso tutte le ricchezze di Montalti sulla dote della moglie.

FERDINANDO. (da sé) Che imbecille di marchese! Confidare tutte queste cose! (forte) Ed ella non ne è gelosa?

GIULIA. (ridendo) Io?! Ah! per chi mi prende adunque, caro dottore?

FERDINANDO. Suppongo ch'ella avesse amato Giorgio tempo fa.

GIULIA. E l'amo ancora, con buona pace del suo protetto.

FERDINANDO. Ebbene?

GIULIA. (con cinismo) Ebbene! Giorgio è uno spiantato; sposa la Montalti per la dote ed ama me perché lo diverto.

FERDINANDO. È per secondare il marchesino adunque ch'ella fa fare mille pazzie al giovane Montalti?

GIULIA. Un poco; ed anche per lei.

FERDINANDO. Per me?!... Mi pare al contrario...

GIULIA. Sì; se lei, carissimo signor Codini, non mi avesse promesso di pagare i suoi debiti sottomano, io, con tutta la buona intenzione che ho di favorire Giorgio, non avrei creduto di possedere tanta forza d'animo da subire tutte le insulsaggini che Carlo mi sciorina per tre o quattro buone ore della giornata. Sono un buon diavolo di figliuola! Ecco che le parlo franca: il mio tempo non lo voglio perdere.

FERDINANDO. Cara contessa, le confesso rincrescermi oltremodo che nella lettera del marchesino si parli così leggermente di me, anche per errore. Le sarei tenutissimo s'ella volesse darmela per...

GIULIA. Oibò!... le pare?

FERDINANDO. Che importa a lei?

GIULIA. Una lettera di Giorgio... Oh, può sempre servire per le occasioni... chi sa? (da sé) Se mi accorgo di qualche cosa con quella sfacciatella di Norina!...

FERDINANDO. (da sé) Quell'imbecille di Giorgio si è compromesso. Buono ch'io abbia combinato le cose in modo da sembrare non agisca d'accordo con lui. (forte) Assolutamente?

GIULIA. Non ci pensi. È inutile.

FERDINANDO. (da sé) Ne parlerò a Giorgio. Bisogna che quella lettera sia distrutta! (forte) Non mi resta dunque che pregarla di una cosa, nell'interesse del mio protetto.

GIULIA. Dica pure.

FERDINANDO. Di non abbandonarlo mai (con galanteria) Si è tanto felice anche nella lusinga di essere amato da lei!... Che gli faccia fare pazzie non ci bado; poiché, anche ammesso il caso che suo padre lo cacci via di casa, sono abbastanza ricco del mio per indennizzarlo ad usura di quanto potrebbe perdere dal lato del suo patrimonio. Secondi adunque il marchesino, se le piace; io non mi oppongo, poiché so che questo non può renderlo infelice... anzi!... Ma s'ella ama Giorgio faccia almeno le viste di amare anche un pochino il mio ragazzo: ciò gli basterà. Gli faccia pur contrarre debiti, gli faccia attaccar baruffa con suo padre (ridendo con falsa ingenuità) veda quel che le concedo?!... Riesca pure a farlo mettere sulla strada!... Ma non gli chiuda mai la sua porta. Io pagherò tutti i suoi debiti, soddisferò tutti suoi capricci; ed un giorno o l'altro per giunta lo farò ricco.

GIULIA. All'interesse che prende di quel giovanotto si direbbe...

FERDINANDO. Zitta, maldicente!... Sicché contratto fatto?

GIULIA. (stendendogli la mano) E accettato. Lei pagherà il sagrifizio ch'io fo per Giorgio.

FERDINANDO. Purché il mio protetto sia felice. Addio.

GIULIA. Ci rivedremo?

FERDINANDO. Spesso. Mi darà notizie del giovanotto.

GIULIA. E le presenterò i conti ch'egli non potrà saldare.

FERDINANDO. Ben inteso.

SCENA IV

Vittorina e detti.

VITTORINA. (a Giulia) Un signore domanda di lei. Mi ha dato questo biglietto.

GIULIA. (dopo aver letto) Alberto Varesi? Non lo conosco.

FERDINANDO. Varesi!... (da sé) È il diavolo costui! (forte) Non lo riceva.

GIULIA. Lo conosce?

FERDINANDO. Un poco. È un cattivo soggetto!

GIULIA. Sono la mia passione.

FERDINANDO. Le dico un uomo pericoloso che non può farle che male.

GIULIA. A me?! Lo sfido!

FERDINANDO. Non lo riceva le dico!...

GIULIA. Le pare?! Sul biglietto c'è scritto col toccalapis: Per affari importantissimi. Affari! capisce?!... Potrei rimandare chi venisse a parlarmi d'amore... Ma di affari!... Fallo entrare, Vittorina. (Vittorina esce).

FERDINANDO. Permetta almeno ch'io eviti d'incontrarlo.

GIULIA. Lo fugge?

FERDINANDO. Sì; (confuso) non amo quell'uomo.

GIULIA. Non basta.

FERDINANDO. Ho forti ragioni per...

GIULIA. Allora è tutt'altro. Entri pure in quella stanza (additando l'uscio a sinistra).

FERDINANDO. Non creda a quello che potrebbe dirle quell'uomo. Egli avrà forse interesse di rovinarla! (parte dalla sinistra).

SCENA V

Giulia indi *Alberto*.

GIULIA. Rovinarmi?... Non è tanto facile poi!

ALBERTO. (salutando) La signora contessa di Roccabruna?...

GIULIA. Io stessa, signore. (indicandogli una poltroncina).

ALBERTO. Vengo a chiederle un gran favore, signora... e forse un sagrifizio.

GIULIA. Mi crederei molto fortunata se...

ALBERTO. Ella può rendere un gran servigio non a me solo ma ad una intiera famiglia.

GIULIA. Io?!...

ALBERTO. Sì: la famiglia Montalti.

GIULIA. Mille scuse, signore; ma sul biglietto mi pare d'aver letto: per affari importantissimi.

ALBERTO. E non le pare un affare abbastanza importante quello di rendere la felicità ad una famiglia che l'ha perduta per suo mezzo?

GIULIA. Signore!...

ALBERTO. Ho detto per suo mezzo e non per cagion sua.

GIULIA. Mi permetta di farle osservare, signore, che per quanto sia interessante l'argomento della conversazione, essendomi completamente estraneo...

ALBERTO. Forse molto meno di quanto ella voglia farmi credere.

GIULIA. Signore!...

ALBERTO. Carlo Montalti poco fa era qui!

GIULIA. (alzandosi) Se questo era l'affare importante che mi procurava l'onore della sua visita poteva ben risparmiarsene l'incomodo...

ALBERTO. Non si alteri, signora contessa. Son preparato a tutte le fasi che potrebbe subire la nostra conversazione, e quella della sua collera non vi era dimenticata. Siccome però m'interessa assai il colloquio che teniamo, così mi permetterà, spero, che non mi sgomenti e non disanimi prima che abbia la fortuna di convincerla. Signora, Carlo Montalti poco fa usciva da questa casa: egli è suo amante!

GIULIA. Se preferisce invece che sia io forzata a ritirarmi!... in casa!... (facendo un passo per uscire).

ALBERTO. (senza scomporsi) Io la costringerò ad ascoltarmi, signora, con una sola parola: Carlo è perduto; quanto prima sarà disonorato!

GIULIA. Siccome le ho detto che ciò non mi riguarda...

ALBERTO. (freddamente) Una sola domanda, signora: ella ama Carlo?

GIULIA. Io?...

ALBERTO. Ella ha almeno interesse per lui? Veda che domando il meno. Tutto quello che ho a dirle dipende dalla sua risposta.

GIULIA. (con impazienza) E se l'amassi, signore?

ALBERTO. S'ella lo amasse io le direi che il suo amore gli è fatale come una maledizione!... Che come oggi gli ha fatto perdere la famiglia, domani gli farà perdere l'onore!

GIULIA. E se non?...

ALBERTO. Se non lo amasse le direi: Signora, ella è troppo giovane e troppo bella per essere cattiva soltanto pel piacere di esserlo. Il suo capriccio per quel giovane somiglia molto ad una malvagità.

GIULIA. Signore!...

ALBERTO. Poiché rovinandolo non ha nemmeno per scusa la passione.

GIULIA. Signore, al modo (devo dirlo) un po' troppo franco ch'ella si permette con me si direbbe che abbia sul conto mio idee...

ALBERTO. Esattissime, signora contessa, ne stia sicura. Prima di decidermi al passo che ho fatto, per bilanciare tutte le eventualità possibili, ho dovuto partire da un punto noto, come si dice nelle metafisiche: ed il punto noto pel caso mio si è la perfetta conoscenza della persona con cui ho da fare.

GIULIA. Perfetta?

ALBERTO. Perfettissima!

GIULIA. E se si fosse ingannato?

ALBERTO. M'inganno assai di rado, signora.

GIULIA. Questa potrebbe essere una delle rade volte... Anzi, se credo poco a questa sua infallibilità è per la prova che ne ho in questo momento.

ALBERTO. Una prova?

GIULIA. Brillantissima. Ella venendo in casa mia, con un motivo lodevole al certo ma che non entra nelle mie vedute di discutere, fissandosi il suo piano, com'ella ha detto, esaminando tutte le probabilità, ha basato i suoi disegni su di una donna (di condizione più o meno elevata) per rimuovere la quale sarebbe bastata una parola, una lagrima o una minaccia... Ecco adunque che ella si è ingannata, e che trovando invece la donna che ride ugualmente alle sue minacce e alle sue lagrime ha fatto, come suol dirsi, i conti senza l'oste. Può ben vedere che se entro in materia con questa calma è perché son sicura.

ALBERTO. Io non ho contato né sulle lagrime, né avrei osato le minacce... Io cercherò soltanto di persuaderla.

GIULIA. Chi lo sa?... Ci saremmo arrivati fra poco... Il discorso era già incamminato su famiglie desolate... Ma non ci pensiamo; supponiamo invece che ella si sia limitata al ragionamento calmo, che meglio sarebbe convenuto a due persone di spirito e di mondo come noi siamo. Ella avrebbe dovuto immaginare due casi prima di darsi la pena della sua visita; due casi ch'ella ha previsto, ma da un punto di vista differente.

ALBERTO. Io?

GIULIA. Sì: o che io amassi Carlo, ed in tal caso il passo ch'ella fa presso di me, oltre ad essere sconveniente, sarebbe anche inutile, o che io non l'amassi e mi si dovrebbe supporre un interesse qualunque, più o meno grave, lo confesso, ma che pure ella avrebbe dovuto tenere in qualche conto.

ALBERTO. È di questo interesse che vengo a parlarle, signora. Ecco dunque ch'io l'avevo previsto.

GIULIA. Davvero?!... Come mai non me ne sono accorta prima?!... Sarei curiosa di conoscerlo.

ALBERTO. Gli è molto semplice. Carlo è senza un soldo.

GIULIA. Lo so.

ALBERTO. E domani sarà privato di tutto il suo patrimonio.

GIULIA. Probabilmente.

ALBERTO. Ecco dunque ch'ella non ha più che farsi di lui.

GIULIA. Chi lo sa?

ALBERTO. A meno che non volesse una capanna e il suo cuore (ironico).

GIULIA. E se lo volessi?

ALBERTO. Lei!

GIULIA. Io! Sì!

ALBERTO. Lei!... Non ha mai fatto simili sciocchezze!

GIULIA. Potrei farle però.

ALBERTO. Ciò proverebbe un'altra cosa.

GIULIA. Che?

ALBERTO. L'interesse per perdere quel disgraziato.

GIULIA. Forse.

ALBERTO. E siccome quest'interesse non può esserle esclusivo...

GIULIA. Potrei avere cointeressati.

ALBERTO. Oh! Ma la sarebbe un'azione tenebrosa ed infame, quella!

GIULIA. Le pare?

ALBERTO. (resta colpito. Indi, dopo un momento di riflessione con secondo fine) È forse un regalo di Carlo questo? (indicando il braccialetto di Giulia).

GIULIA. Oh, non si rovinerà per regali Carlo!... Ne stia sicuro!

ALBERTO. Vediamo, quale sarebbe il suo valore?

GIULIA. Lo domandi al suo Montalti che mi rifiutò una simile miseria.

ALBERTO. Ha avuto torto. Per esempio, questo varrebbe bene una informazione.

GIULIA. È forse troppo o troppo poco.

ALBERTO. È troppo, poiché non sarebbe che di sapere come Carlo fece la sua conoscenza.

GIULIA. (con cinismo) Tutto questo?... Oh! ma allora lei è generoso per quanto babbo Montalti, che lo manda, è spilorcio! È semplicissimo: lo conobbi in casa di una certa persona, ch'ella conoscerà se ha a menadito il calendario di tutte le celebrità... Una tale Norina... ove il giovane mi fu presentato come un provinciale che conveniva dirozzare.

ALBERTO. Presentato da chi?

GIULIA. Oh, ecco che dal troppo passiamo al troppo poco!

ALBERTO. Ci passo così facilmente come potrei passare da un braccialetto di 600 lire ad una broche di 1000.

GIULIA. In fè mia! Se lo fa con tanta disinvoltura non voglio restarle addietro, e il marchesino di S. Giocondo che me lo presentò sarà mortificato di vedersi prevenuto in questo regaluccio che mi fa aspettare da un pezzo.

ALBERTO. (battendosi la fronte) Ah! lui! non mi ero ingannato dunque?!

GIULIA. Che dice?...

ALBERTO. Nulla!... Grazie! Ho nelle mani un filo che strapperà molte maschere!... (vedendo uscire Ferdinando dalla sinistra) Quella prima delle altre.

SCENA VI

Ferdinando e detti.

FERDINANDO. (che alle ultime parole ha fatto capolino, da sé) Siamo perduti! Colei ci rovina!... Bisogna tutto rischiare!... (forte, fingendosi ansante) Molte scuse, signora contessa! Ah!... qual fortuna, mio carissimo signor Varesi! La ringrazio molto, signora contessa. (facendo un segno d'intelligenza a Giulia) Ho approfittato della scaletta secreta di cui mi mandò la chiave... (indicando l'uscio a sinistra) Temevo d'imbattermi in Carlo Montalti; poiché, sebbene venga per fargli del bene, egli non me ne ringrazierebbe certamente... Ma in amaritudine salus!...

ALBERTO. (ironico) Così all'egro fanciullo... e quel che segue, eh?!

FERDINANDO. Precisamente, mio ottimo signor Varesi, precisamente! E son sicuro che la trovo qui per lo stesso motivo filantropico. Quando si ha una certa conoscenza delle persone si può ben dire: Ecco lì uno che vi è per far bene!

GIULIA. Ma signori, in fede mia! che mi pare di...

ALBERTO. Signor Codini, arriva in un momento opportuno: dicevo alla contessa ch'erano per cadere molte maschere.

FERDINANDO. (con finta ingenuità) Molte maschere?... Oh! oh! vogliamo ridere...

ALBERTO. Maschere d'ipocrisia, di virtù menzogniera... Maschere più vili ed infami di quella che nasconde il volto del sicario che colpisce a tradimento.

FERDINANDO. Pur troppo!... Se ne incontrano tante nel mondo!... Noi smaschereremo al giovane Montalti la trista posizione in cui si trova... Gli faremo sentire la ragione... È per questo che siamo qui. (piano ad Alberto) Dopo il deplorabile eccesso di ieri sera mi sono informato dell'abitazione della signora e facendole chiedere un abboccamento per cercare di ricondurre Carlo con mezzi indiretti nella giusta via l'ho pregata altresì di volermi indicare il modo di non incontrarmi col giovane, di cui non vorrei destare i sospetti. (alzando la voce) La signora contessa ha avuto la bontà di mandarmi la chiave della scaletta secreta per la quale son venuto (facendo d'occhio a Giulia).

ALBERTO. (da sé) Galeotto! Non credo niente.

50

Giulia. Signori, sapete che comincio a credere volervi prendere spasso di me?

Ferdinando. Prenderci spasso, illustrissima signora contessa!... Oh!...

Giulia. Lei pel primo, signor protettore di giovanotti scapestrati...

Ferdinando. (interrompendola) Protettore, sì, e me ne vanto: poiché ne proteggo l'età difficile dell'inesperienza e del bollore del sangue dai pericoli gravissimi dell'errore e del vizio... e glielo provi l'essere io qui.

Giulia. (con ironia) Ah!!...

Ferdinando. Poiché momenti sono, per un caso, ho potuto calcolare tutta l'estensione della rovina a cui corre Carlo Montalti...

Giulia. (indispettita) Parliamoci un po' sul serio, caro signore, che la farsetta comincia ad annoiarmi poiché tocca certi punti che mi premono. Sarebbe a dire che lei non pagherà d'ora innanzi i capricci di lui?

Ferdinando. (da sé) Maledetta! (forte) Giammai.

Giulia. Grazie! È bene il saperlo.

Alberto. (con ironia) Ah! il signor Codini paga i capricci del giovanotto?!...

Ferdinando. Sissignore. Ho detto alla contessa che avrei pagato io le pazze spese fatte sin'ora dal giovane (piano e come in confidenza ad Alberto) Capisce? onde evitare scandali come quelli di ieri sera.

Giulia. Ebbene?

Ferdinando. Ed ora vengo a pregarla di aiutarmi a distogliere Carlo dalla via pericolosa ove mi sono accorto essersi messo.

Giulia. Sicché quanto fu stabilito fra di noi?...

Ferdinando. Resta fissato; purché abbi la bontà di uniformarsi alle istruzioni che le do... Anzi che le diamo insieme al signor Varesi (abbracciandolo) amico carissimo che trovo sempre ove si tratta far bene.

Alberto. (da sé) Briccone matricolato! Se sei costretto ad aiutarmi me ne gioverò, per ora.

Giulia. (da sé) Quest'uomo o è pazzo o è cima di birbante (forte) E queste istruzioni sarebbero?...

Ferdinando. Prima di tutto chiudere la porta sul naso al ragazzo ogni qualvolta si presenta.

Giulia. È curiosa!... Se io non dovea mai abbandonarlo!...

Ferdinando. (con ipocrisia e doppio senso) L'uomo propone e Dio dispone, mia cara.

Giulia. Cioè, ch'ella ha cangiato proposito?

Ferdinando. No, quello che ho promesso lo mantengo. Mandi da me le note dei suoi debiti e saranno soddisfatti.

Giulia. L'interesse pel giovanotto.

Ferdinando. È quello che più mi guida. È come una bella prova, mi pare, se pago i suoi debiti.

Giulia. (con ironia e doppio senso) Ma io mi credevo facoltata e fargliene contrarre altri...

FERDINANDO. (bruscamente) Ora che sa di non esserci chi pagarli non glieli farà fare.

GIULIA. Eh! Lei... sì ricco!... che può fargli passare tutti i capricci purché goda la vita!...

FERDINANDO. Son ricco soltanto dell'amor di Dio, cara contessa.

GIULIA. Un fallimento?

FERDINANDO. Non ha da temere fallimenti chi agisce per una buona causa.

GIULIA. (indispettita da tutta questa scena) Signori! guardiamoci un po' tutti allo specchio... E vediamo chi di noi ha perduto la testa!...

FERDINANDO. Nessuno, mia cara signora. Spesso in questa bassa valle accade il caso che gli individui credono scambievolmente di agire e di parlare a rovescio, mentre che ognuno secondo le proprie viste parla ed agisce esattamente. Il signor Varesi ed io, per esempio, che siamo mossi unicamente dal bene di Carlo, non saremo forse compresi da lei, che per fini particolari...

GIULIA. (stizzosa) Mi era parso però ch'ella intendesse in tutt'altro modo il bene di Carlo!

FERDINANDO. Ed ecco la prova di quanto ho detto. Lei, secondo i suoi interessi e le sue idee, ha capito e creduto diversamente di quello che noi intendiamo.

GIULIA. Se non son matta ci vuol poco a divenirlo!

ALBERTO. Insomma, signora, il mio desiderio sarebbe che la rompesse con Carlo (da sé) Aiutami, briccone! che domani l'avrai da fare con me!

FERDINANDO. Io fo dippiù: pago i suoi debiti a condizione ch'egli non metta più piede in questa casa.

GIULIA. (irata) Non ci metterà più piede, ve l'assicuro! Se non altro, a monte le noie che mi procura, a monte i debiti che non sarà più in grado di pagare, per non avere a temere più la fortuna di simili visite, che mi fanno dubitare della mia ragione.

ALBERTO. Come farà?

GIULIA. Lo licenzierò su due piedi appena sarà di ritorno.

ALBERTO. Ne nascerà una scena!

FERDINANDO. Che importa? Purché il vizio si corregga!

GIULIA. Sì, che importa?... Purché mi tolga a tante seccature!...

ALBERTO. Faccia meglio: gli scriva.

FERDINANDO. (da sé) Diavolo d'uomo (forte) Benissimo! gli scriva.

GIULIA. (impaziente) Ebbene! Gli scriverò!... Gli scriverò subito!

FERDINANDO. Che non sia in modo troppo aspro! ...

GIULIA. (con ironia) Il protettore!!

FERDINANDO. Che vuole? Mi rincrescerebbe se Carlo facesse qualche altra pazzia invece di correggersi.

GIULIA. (nella massima impazienza) Dettate voi stessi! Che ho da dirvi? Purché tutto questo abbia un fine!... Ché, per l'anima mia, non mi fido più di resistervi! (mettendosi al tavolino) Vi basta questo?

ALBERTO. Signora...

GIULIA. (battendo i piedi con impazienza) Ma via, dettate almeno!... E che la sia presto finita!...

FERDINANDO. Il Signore vi terrà conto del vostro sagrifizio! (dettando) «Carlo non vi fate più vedere da me! La fatalità... la volontà di Dio!...».

ALBERTO. Che diavolo dice?!... (dettando) «Non vi fate più vedere da me; sarà inutile. Non vi amo e non vi ho mai amato; e siccome ora sono stanca di mentire, vi consiglio di non cercarmi più...».

GIULIA. Oh! questo poi!...

ALBERTO. Che c'è, signora?

GIULIA. Mentire!... Quella parola!...

ALBERTO. Ha mai amato Carlo?

GIULIA. Ma...

ALBERTO. Dicendogli che l'amava cosa faceva, o signora?...

GIULIA. Ma questo poi, signore! (per lacerare la lettera)

FERDINANDO. (con ipocrisia) Oh! figliuola mia! Non si mentisce giustamente quando l'intenzione è buona?

GIULIA. Ma, signori! Siete dunque congiurati per farmi disperare?

FERDINANDO. Oibò! Oibò!... Figliuola!... Il fine che ci proponiamo è tanto morale.

GIULIA. (scrivendo con dispetto) Mentire! ecco fatto!... Che devo aggiungere dippiù?

ALBERTO. Nulla, basterà.

GIULIA. (alzandosi con un sospiro) Viva il cielo!!

FERDINANDO. (da sé) Quest'uomo indiavolato rovinerà tutto!... Alla vigilia della vittoria! E se questa lettera avesse il suo effetto?... Come impedirlo?... Costui non mi lascerà più solo con Giulia... A noi! un mezzo pronto, audace!... Scandalo! scandalo!... Quale idea?... Giorgio!... Quella lettera cade a proposito... A noi due ora, signor Varesi! Codini non si arrende senza giocare l'ultima posta! (forte) Benissimo! Quella lettera farà il suo effetto... Ma come ricapitarla? (da sé) Se l'affidassero a me!

ALBERTO. Me ne incarico io.

FERDINANDO. Oibò! le pare?... Si vedrà l'opera nostra e Carlo diffiderà...

ALBERTO. Per quanto birbante sta volta ha ragione (da sé).

FERDINANDO. Propongo un altro espediente. Carlo sarà qui fra poco; basterà lasciarla sul tavolino e che la signora non si faccia trovare.

GIULIA. Va bene così.

FERDINANDO. Non andiamo ora, signor Varesi carissimo?

ALBERTO. No, signore. Resto un altro momento.

FERDINANDO. Se Carlo venisse...

ALBERTO. (con ironia) Approfitterei della scaletta segreta.

FERDINANDO. A rivederci in tal caso (da sé) Sciocco! credi di rovinarmi restando... e ti darai colla zappa nei piedi! ... Se ti lascio solo con lei è segno che non ti temo, e che corro a prepararti un colpo da maestro. Vedrai chi sia Codini! (salutando) Signora Contessa! (via dal fondo).

SCENA VII

Alberto e *Giulia*

ALBERTO. (accompagnandolo con lo sguardo) Ipocrita!... Sei molto abile e mi hai giovato, temendo che ti fosse caduta dal volto la maschera... Ma vi ho letto sotto. E la vedremo!

GIULIA. Che altro più volete da me, signore?

ALBERTO. (cambiano tono e maniere) Quanto vi fate pagare dal signore ch'è uscito poco fa l'amore che fingete per Carlo?

GIULIA. Signore!...

ALBERTO. Non mi sono bene spiegato? Ho detto: Quanto vi si paga da chi ha interesse di rovinar Montalti, perché fingiate d'amarlo?

GIULIA. Signore!...

ALBERTO. Oh! Non facciamo, parolone, signora! Ci conosciamo, e siamo faccia a faccia. So con chi parlo; è perciò che di una quistione di amore ne fo una quistione di denaro. Non vi dico: Abbiate compassione di un povero ragazzo che si vuol perdere per vostro mezzo; vi dico: Ditemi quanto pagano per perderlo, e vi do il doppio per non farlo.

GIULIA. Ma Signore...

ALBERTO. Non è parlare abbastanza chiaro questo?

GIULIA. Infine, signore, sono in casa mia e...

ALBERTO. Vediamo: tremila lire?...

GIULIA. Chiamerò i miei domestici...

ALBERTO. Quattromila?

GIULIA. (raddolcendosi) Ma che volete da me, signore?...

ALBERTO. Pago quattromila lire un mezzo pronto, infallibile di svelare la trama ordita contro Montalti, e di smascherare i suoi nemici camuffati da amici e da protettori.

GIULIA. Signore...

ALBERTO. Cinquemila?

GIULIA. Ma qual mezzo?

ALBERTO. Seimila?

GIULIA. Trame contro Montalti?... Vuol scherzare!... Chi potrebbe...

ALBERTO. Il dottor Codini! Do seimila lire se ne ho la prova.

GIULIA. Il dottor Codini mi si è fatto conoscere come un uomo cui stava a cuore che Carlo Montalti facesse una vita allegra, con qualunque mezzo... ma non mi ha mai accennato a secreti di sorta... né di trame si è mai parlato.

ALBERTO. Briccone matricolato! E Giorgio?!...

GIULIA. Signore...

ALBERTO. Giorgio di S. Giocondo è il complice di Codini.

GIULIA. Il complice?... Se si conoscono appena!...

ALBERTO. V'ingannate o volete ingannarmi.

GIULIA. No, davvero!

ALBERTO. Datemi un mezzo, un filo per arrivare a scoprire quest'intrigo, per togliere la maschera al marchesino e la vedrete cadere anche a Codini.

GIULIA. (da sé) Il mezzo l'avrei... la lettera di Giorgio!... Ma non la cedo così facilmente!... È un tesoro quella per aver sempre il marchesino tutto mio!...

ALBERTO. Ebbene?

GIULIA. Ebbene, signore! Che altro volete da me? (con impazienza) Avete ottenuto ch'io licenziassi Carlo, m'avete fatto arrabbiare!... Ora volete ch'io sogni e inventi trame e secreti per farvi piacere?

ALBERTO. Inventarle?... No signora.

GIULIA. Andatevene allora! Dio mio!... Poiché ho la testa orribilmente stanca!... Vi dissi di non sapere altro.

ALBERTO. (con la fronte fra le mani, quasi da sé) Che fare? che fare? ... Essere convinto... convinto come che il sole illumina... E non poterlo colpire!... Non aver prove! Addio signora, e grazie della compiacenza...

GIULIA. (stizzosa) Non occorre. Carlo mi pesava e l'avrei messo alla porta anche senza di questo!

ALBERTO. (da sé uscendo) Che donna! (via dal fondo).

GIULIA. Finalmente!

SCENA VIII

Giulia sola, indi *Vittorina*.

GIULIA. Come sono stanca, Dio mio!... Come mi sento la testa confusa e sconvolta! Pareva si fossero data la parola per farmi impazzire! E quel Codini? Pazzo anche lui o arcibriccone!... C'è del mistero sotto!... Che m'importa?... Sono libera!... Carlo... povero ragazzo... non mi vedrà più!... Mi amava tanto. (guardandosi allo specchio con civetteria) Ma non ha un soldo!... Una carrozza?... Sarà lui senz'altro!... Vittorina!

VITTORINA. Signora?

GIULIA. Se viene Carlo digli che non ci sono... Che sono uscita... Quello che ti salta in mente purché si persuada a non cercarmi nelle mie stanze.

VITTORINA. Sì, signora.

GIULIA. Badaci bene. Mettiti in anticamera per questo.

VITTORINA. E se viene qualcun'altro?

GIULIA. È lo stesso, a meno che non sia Giorgio.

VITTORINA. Devo farlo entrare se viene il signor marchesino?

GIULIA. Sì... cioè: ... non verrà... Ma se viene... (via dalla destra).

SCENA IX

Codini e *Vittorina*.

FERDINANDO. (entrando dal fondo) La signora contessa?

VITTORINA. È uscita.

FERDINANDO. Va bene, l'aspetterò.

VITTORINA. Vorrà aspettarla per un pezzo.

FERDINANDO. Non importa. Suonano; vedete chi sia. (Vittorina esce) È Montalti, lo precedo di pochi passi... Sarà qui quella lettera?... Ah! sì! A noi!... (scrive un rigo in fretta colla mano sinistra in piedi al biglietto della contessa e lo rimette al suo posto) È fatto! (si allontana).

SCENA X

Giorgio indi *Montalti* e *Rodolfo*.

GIORGIO. (entrando con premura a Codini sottovoce) Ho fatto subito quanto mi diceste. Appena Montalti udì che Carlo avrebbe stasera firmato per diecimila lire di cambiali montò su tutte le furie ed accorre!... Ora non capisco quello che volete fare...

FERDINANDO. (piano) Lo vedrete (a Montalti che entra dal fondo) Oimé! caro ed onorevole amico!...

PROSPERO. (infuriato) Eh! mandate al diavolo quell'onorevole maledettissimo!

FERDINANDO. Come esprimervi il dispiacere che provo trovandoci qui riuniti per impedire un eccesso di quella fatta?!...

PROSPERO.. (irritatissimo) Oh! la vedremo! la vedremo! Sono un coniglio, come dice mia moglie, fin quando lo voglio... Ma quando mi si mette colle spalle al muro divento un leone!... una tigre!... una bestia feroce!...

RODOLFO. Signor Prospero, si calmi,.. Vedremo in fine cos'è!

FERDINANDO. (piano a Giorgio) Perché condurre anche colui? (indicando Rodolfo).

GIORGIO. (come sopra) Si trovava assieme al signor Montalti e non potei impedirgli...

PROSPERO. Oh! la vedremo, signorino garbatissimo!... Vedremo se mi chiamo o no Montalti... Ed anche quella signorina!...

VITTORINA. Ma che cosa desiderano, signori?... La mia padrona non c'è.

GIORGIO. Come! E uscita?

VITTORINA. (piano a Giorgio) Cioè, per lei soltanto è in casa.

FERDINANDO. (che avrà udito) Ah, va bene! State attenta se viene qualcuno. (a Vittorina, la quale esce dal fondo) Marchesino carissimo, evitiamo almeno al nostro Montalti una scena spiacevole... Amo di far le cose alla buona... Di cercare i mezzi termini, gli accomodamenti... Se voi, nella vostra qualità di futuro cognato di Carlo cerchereste di accomodar l'affare? di persuadere quella signorina a rinunziare a Carlo... a non fargli commettere più simili eccessi?...

PROSPERO. Sicuro, per bacco! Non mi dispiacerebbe!... Se potessimo evitar scandali, pettegolezzi...

FERDINANDO. È trovata! Voi, signor marchesino, cercate di trovare la contessa, poiché certamente non avrà voluto ricevervi ma sarà in casa (piano a Giorgio) per voi lo è di sicuro. (forte) E procurate di fare il possibile...

GIORGIO. (piano con sorpresa) Perché mi fate fare questo?

FERDINANDO. (sottovoce) Zitto! Lo saprete.

GIORGIO. (come sopra) Ma devo sul serio?...

FERDINANDO. (spingendolo verso l'uscio a destra) Persuadere la contessa...

GIORGIO. Ma...

FERDINANDO. (sottovoce) E accorrere con lei se udite rumore. Avete capito?

GIORGIO. (come sopra) Non troppo. Ma faccio quanto dite.

SCENA XI

Prospero, Codini e Rodolfo.

PROSPERO. Bell'idea! Vorrei che tutto fosse accomodato alle buone... Se non altro per non incontrarmi col quel birichino...

FERDINANDO. Il marchesino è un portento d'eloquenza, quando lo vuole.

RODOLFO. (da sé) Ecco perché probabilmente è destinato ad essere l'oratore della reazione.

PROSPERO. (turbandosi) Sento rumore di carrozza!... Che fosse lui?...

RODOLFO. (avvicinandosi all'uscio in fondo) Sarà lui!

FERDINANDO. (da sé) Va benone! Va benone!

SCENA XII

Carlo e detti.

CARLO. Mio padre!!...

PROSPERO. Signorino!... Ehm!... Vostro padre che si vede ridotto a corrervi dietro per impedirvi di rovinare la vostra famiglia... Poiché di voi infine gliene importa meno di un cavolo!

CARLO. Padre mio!

PROSPERO. (sempre più adirandosi) Via di qua! svergognato! cattivo soggetto!... Rossore della tua onorata famiglia!...

CARLO. Ditemi quel che volete... Ma non alzate tanto la voce, per grazia!

PROSPERO. Perché non oda quella sfacciata, eh?!...

CARLO. Per grazia, padre mio!

PROSPERO. Perché non oda un padre che viene a rimproverarle l'onta e la perdizione del figlio suo?!...

CARLO. Per grazia, padre mio!...

PROSPERO. Oh! non abbiar timore! Non arrossirà quella donna che ti fa firmare per diecimila lire di cambiali!...

CARLO. Quali cambiali?

PROSPERO. Ma la vedremo! La vedremo! Parlerò a questa...

CARLO. Oh! per pietà!...

PROSPERO. Alzerò tanto la voce che mi farò udire...

CARLO. (giungendo le mani) Padre mio! ve ne prego!!...

PROSPERO. Tu l'ami dunque colei?!

CARLO. Sì.

PROSPERO. Ah! l'ami quella disgraziata!... Tu ami una donna come quella!

CARLO. Io l'amo com'è, padre mio! E l'amo talmente che avrei commesso un delitto se tutt'altri che voi avesse detto la ventesima parte di quello che avete detto di lei!...

PROSPERO. Minacci?!

CARLO. (quasi piangendo di dolore e di disperazione) No!... padre mio!... No!... Non potrei minacciare!... Ma per pietà!... risparmiatemi!... Soffro tanto!...

PROSPERO. Piange quel disgraziato!... L'ama tanto adunque!... L'ama davvero!...

FERDINANDO. Signor Prospero, moderazione! moderazione! Procuriamo di accomodare le cose alla meglio... Non è conveniente far chiassate qui. Partiamo; Carlo verrà con noi (piano a Montalti) A casa poi parleremo del conto di nozze di Maria... Combineremo le cose in modo... (forte a Carlo) Andiamo! via, Carlo!

CARLO. Io?!...

FERDINANDO. Preferite che la arrivi in questo punto? (piano a Carlo)

CARLO. Oh! Dio mio! no!... Ma come fare?

FERDINANDO. Lasciatele un biglietto... Adducete qualche pretesto che basti a scusa. (lo spinge verso il tavolino) È vostro padre che ve lo comanda infine.

CARLO. Scriverle?!... (gettando gli occhi sul tavolino) Qui c'è un biglietto (lo prende) Suo!!... (legge sottovoce) «Non vi fate più vedere da me, sarebbe inutile. Non vi amo e non vi ho mai amato; e siccome ora sono stanca di mentire vi consiglio di non cercarmi più...» Impossibile!... C'è un poscritto! (legge un po' più forte) «Se Carlo vorrà conoscere il rivale che l'ha supplantato presso la contessa non ha da fare che aspettare il primo che uscirà dalle sue stanze insieme a lei!...». Impossibile è un'altra scrittura questa!

PROSPERO. Andiamo o no?!

CARLO. Andare?!... Oh, no!... C'è un mistero!... Un mistero terribile che mi preme scoprire.. Dovesse andarne di mezzo la mia vita!...

PROSPERO. (irritato) Disgraziato!!

CARLO. (al colmo della disperazione) Bisogna ch'io guardi faccia a faccia l'uomo che ardisce infrapporsi fra il mio amore e Giulia!... (vedendo entrare Giorgio assieme alla contessa) Ah!... Quello!!!

SCENA XIII

Giorgio, Giulia e detti.

CARLO. Voi, Giorgio?!

GIORGIO. Io stesso, Carlo! Che volete da me?

CARLO. Voglio... Vorrei... Potervi dire quanto siete infame! quanto siete vile!... Voglio, se non arrossite con questo, sputarvi in faccia, schiaffeggiarvi siffattamente che l'impronta della mia mano tenga luogo a quel sangue che l'insulto non può chiamarvi sul volto!... Vorrei... Se avete ancora una goccia di sangue nelle vene... del nobile sangue dei vostri antenati, vituperarlo con questo sulla vostra faccia (gli lancia in volto la lettera che avrà aggrovigliato a pallottola).

GIULIA. Oh! Dio!

RODOLFO. (trattenendolo) Carlo.

GIORGIO. (per slanciarsi) Giuraddio!...

FERDINANDO. (trattenendolo) Va bene! Va benissimo! Non può andar meglio. (piano a Giorgio)

GIORGIO. Signore!

FERDINANDO. (come sopra) Va benone, vi dico! Lasciate correre le cose!

PROSPERO. Ah! figlio disgraziato! Figlio infame!

CARLO. (a Giorgio) Non ti basta questo? Vuoi che ti rompa una sedia sulla testa per farti mettere in collera?!... Bisogna forse che ti sfidi io stesso?!

GIORGIO. No! signore!... Non occorre tanto! Basterà che domani, alle cinque, vi troviate a Porta S. Gallo con due spade.

CARLO. Non ti fare aspettare, se non vuoi ch'io venga a smuoverti col piede d'accanto alla gonnella di quella donna tanto svergognata quanto tu sei vile!...

GIULIA. Ah!

RODOLFO. (trascinando fuori Carlo) Carlo! Ascolta un po' la ragione!... Questo poi è troppo!

GIORGIO. Oh! Vivaddio!...

FERDINANDO. (trattenendolo, sottovoce) Lasciate dire. Abbiamo vinto.

GIORGIO. Ma signore!

FERDINANDO. (come sopra) Vi dirò poi. (a Prospero) Come sono dispiacente!... Oimè!... Che tempi orribili!... Che gioventù!...

PROSPERO. Soffoco! soffoco, mio caro dottore!... Una sfida!... Non ne posso più!...

FERDINANDO. Quel povero marchesino tentando di fare il bene...

PROSPERO. Una sfida!... si batteranno!... Quel disgraziato potrebbe essere ucciso!...

FERDINANDO. Eh, via! Forse che non disponiamo dell'animo del marchesino per mezzo di Maria?

PROSPERO. Ah! Mi date la vita!... Sì; bisogna cercare d'accomodare le cose...

FERDINANDO. Le accomoderemo, mio caro e degno amico; le accomoderemo.

ATTO QUARTO

La scena come nell'atto secondo, meno i lumi e i preparativi della festa.

SCENA I

Prospero passeggiando agitato e prendendo tabacco con istizza; *Maria* piangendo; *Emilia* confortandola.

PROSPERO. (soffiandosi il naso con rumore onde dissimulare che piange) Uhm! uhm! Ma basta!... basta vi dico!... Non vedete che io son calmo?... che non me ne importa un fico!... Uhm! uhm!... Sì! sì! sì! per bacco! Non me ne importa un fico... (quasi piangendo).

MARIA. (singhiozzando) Oh! Dio!... Come siamo disgraziati!...

EMILIA. Il Signore ci prova con le tribolazioni!... Ma questa croce è dura a sopportare!... Perdonatemi, Dio mio, se mi lamento! (batttendosi il petto).

PROSPERO. Basta, vi dico!... Che v'importa?!... Uno scapestrato!... un rompicollo!...

MARIA. Oh, babbo!...

PROSPERO. Sì, l'ho detto e lo ripeto! Un rompicollo che non si contenta di rovinarmi, di rendermi la favola del mondo... Vuole ucciderci di crepacuore tutti quanti siamo!... Birbante (colle lagrime nella voce) Sì! ... sì!... ne morirò... se quel disgraziato dovesse... (piange).

MARIA. Oh! no! no, babbo!... Non dire quelle cose!... Mio Dio! il nostro Carlo!...

EMILIA. Preghiamo Dio piuttosto. Egli è misericordioso e gli toccherà il cuore.

MARIA. Com'eravamo felici al paese!... ove non c'erano né duelli, né...

PROSPERO. Maledetta la deputazione! Maledetta Firenze e chi ci sta!... Non voglio saper più nulla!... Fo fagotto!

EMILIA. Siete sicuro almeno che il dottor Ferdinando?...

PROSPERO. Maledetto anche lui che mi ha messo in queste diavolate!

MARIA. Ma credi che riuscirà, babbo?... credi che riuscirà ad accomodare ogni cosa?... senza quel brutto affare del...

PROSPERO. Me l'ha promesso; ieri pareva così sicuro del fatto suo che mi disse: Potete rassicurare la famiglia, che ogni cosa sarà accomodata.

EMILIA. Se l'ha detto lui è sicurissimo.

PROSPERO. Brava!... Se l'ha detto lui!... Oh! ha detto tante cose lui che mi hanno fatto dar di testa contro il muro!...

MARIA. Ma se riesce ad accomodare ogni cosa!... Quante obbligazioni gli avremo!

EMILIA. Il Signore l'aiuta perché è un suo servo devoto.

SCENA II

Ferdinando, Giorgio e detti.

MARIA. Oh, Dio! (giubilante) Eccoli! eccoli!... Tutto è finito, tutto è accomodato, non è vero? Giorgio?... Non se ne parlerà più!... Oh, Giorgio!... sapeste come vi son grata!... Se sapeste quanto mi avete fatto piangere!... cattivo!...

PROSPERO. (a Codini) Accomodata, eh?

FERDINANDO. (sospira scuotendo il capo tristamente).

PROSPERO. Come! Come!

EMILIA. Oh! Dio mio!

MARIA. Giorgio! È così che mi amate?!...

GIORGIO. Signorina...

MARIA. Oh! Giorgio!... vedete... io vi amo!... Ma con questo duello voi mi uccidete!... Voi mi spezzate il cuore!... (piangendo e prendendogli la mano) Oh! no!... Giorgio!... Voi non vi batterete con mio fratello!... Grazie. Giorgio!... Avete voluto soltanto farmi paura... Avete voluto ridere della mia credulità... non è vero, Giorgio!... (ridendo fra le lagrime) Cattivo!... Ma io non ci credo ora!...

GIORGIO. Maria, per quanto vi ami ci sono doveri per un par mio...

EMILIA. (giungendo le mani) A che tempi! a che tempi siamo giunti noi! ?... Dio mio!

PROSPERO. Ma come!... Io credeva... Mi s'era fatto sperare... E in tal caso, signore, che venite a far qui?... in casa mia?... in casa del padre a cui forse andate ad uccidere il figlio?! (quasi piangendo ma dispettoso).

MARIA. Ah!

FERDINANDO. (con un sorriso ipocrita) Dio ce ne guardi! Dio ce ne guardi! Rassicuratevi, signori miei; Carlo non sarà toccato nemmeno con la punta di un dito.

EMILIA. Ah! Dottore!

PROSPERO. Eh! vivaddio!

MARIA. Grazie, Giorgio!... cuor nobile!

PROSPERO. Ma vorrei un po' spiegato come... se non si è accomodata ogni cosa...

FERDINANDO. Riserbiamo al signor marchesino la giusta soddisfazione di spiegarvi la sua condotta che può dirsi eroica.

GIORGIO. Signore...

FERDINANDO. Parlate, parlate pure!... Si ammira la vostra modestia ma a questo punto poi...

GIORGIO. Signor Montalti, mia cara suocera (se Dio mi dà la grazia di esserlo) Maria! Il signor Codini l'ha detto: Carlo uscirà incolume da questo disgraziatissimo incontro che deploro, ma che ho la coscienza di non aver provocato.

FERDINANDO. Oh, lo sappiamo, lo sappiamo!

PROSPERO. Non posso fare a meno di convenire che...

FERDINANDO. Carlo è un buon ragazzo... Ma un po' vivo... un po' guasto dalle massime corruttrici del secolo. Invece di ringraziarvi del bene che intendevate fargli. Ma il mondo paga spesso così. La soddisfazione di avere operato il bene basta alle coscienze oneste.

PROSPERO. Ma come... se questo scontro deve aver luogo?...

GIORGIO. (con finta ritrosia) Signore...

FERDINANDO. Esita a confessare la sua generosità; ma io posso dirlo, posso proclamare ai quattro venti questa magnanima risoluzione: il marchesino ha intenzione di lasciarsi uccidere piuttosto che fare la menoma sgraffiatura al figlio e al fratello di chi ha più a cuore al mondo, dopo Dio.

PROSPERO. Eh! eh! ... Avete detto?...

MARIA. Ah! Giorgio...

GIORGIO. Quanto ha voluto svelare quel caro dottore è verissimo... Anderò sul terreno ma soltanto per difendermi senza fare alcun male a Carlo, poiché un par mio può ben lasciarsi uccidere ma non deve ricusarsi ad uno scontro d'onore.

FERDINANDO. Magnanimi sensi!

EMILIA. Eppure m'avete detto, mio caro dottore, che la legge divina non ammette né scontri d'onore, né...

FERDINANDO. Che volete, mia cara signora?!... Il saggio prende il mondo com'è e quando non può calpestarne le debolezze ne fa tanti atti d'eroismo.

EMILIA. Non capisco molto. Ma lo dite voi!...

MARIA. Ah! Giorgio, credete che io possa essere tranquilla perché m'avete detto questo?... Non vi battete, Giorgio... per carità!...

GIORGIO. Maria! l'onore!...

MARIA. Ingrato! ed io?! ...

PROSPERO. Eh! che onore d'Egitto?! vorrei farvi vedere come manderei a spasso chi mi parlasse d'andarci a sbudellare pacificamente per l'onore!! (con caricatura) L'onore!!... bell'onore quello che vi mette sulla punta di una spada a torto o a ragione!... Vorrei vedere se questo tale onore vale una presa del mio tabacco! (prende tabacco).

MARIA. Giorgio voi non vi batterete!

GIORGIO. Impossibile, Maria!

MARIA. Spietato!... Non vi basta quanto ho pianto?!...

EMILIA. Ma infine, signor genero, se si tratta di una questione in famiglia.

GIORGIO. Sarò felice di appartenere a questa famiglia quando avrò dato prove maggiori dei sagrifizii che mi sono possibili per essa.

FERDINANDO. Che generosità!... Che cuore!... Ah! mio caro marchesino, permettete che vi abbracci... In verità sono commosso. (con finta emozione)

PROSPERO. Non dite queste cose!... Non fate così!... che mi viene anche a me una certa debolezza... Caro marchesino!

EMILIA. Figlio mio!

MARIA. Giorgio!

FERDINANDO. Andare con tanta nobiltà a mettere la vita nelle mani di...

PROSPERO. (irato) Di quello scapestrato!

FERDINANDO. Oh! oh!... oh!... Ma per aver procurato di fargli bene...

PROSPERO. (come sopra) Per aver procurato di... Ah! la lingua!... Ci son donne, caro dottore!...

GIORGIO. Signori, è l'ora; addio; pregate per me.

MARIA. (con un grido) Ah! Giorgio!... Come hai cuore di partire così?!... No! no! no!... Giorgio...

PROSPERO. Marchesino mio!...

EMILIA. Mio caro genero!...

FERDINANDO. Di che temete, gente di poca fede?!... Dio è giusto?... Temete forse che Dio non aiuti le buone azioni?... che non faccia restare tanto incolume il marchesino quanto Carlo ch'egli si propone di risparmiare a qualunque costo?

EMILIA. (battendosi il petto) Ah! sì! Siamo gente di poca fede!... Perdonateci, Dio mio!...

PROSPERO. Eh! eh!... Non dico che la fede... la giustizia... Ma in verità mi sarebbe meglio piaciuto un buon accomodamento...

FERDINANDO. Fede! fede! Fra mezz'ora ritorneremo assieme a Carlo, sani e salvi.

PROSPERO. (in collera) Oh! non mi parlate di colui!... Non voglio più vederlo! Lo diseredo... lo scaccio!... Anzi voglio affrettare il contratto di nozze; appena sarete di ritorno firmeremo, e vi farò veder io!

MARIA. Ah!

FERDINANDO. (da sé) Bene! benissimo! (piano a Giorgio) Siamo in porto!

GIORGIO. (piano a Ferdinando nell'uscire) Furbaccio! Sapete che l'aiuto di Dio regge? nella superiorità immensa che ho su di Carlo in fatto di scherma, e che non devo fare che un semplice movimento per fargli saltare la spada dalle mani.

FERDINANDO. (come sopra) Diamo gloria a Dio! anche quando si devono mascherare i mezzi mondani colla sua Infinita Onnipotenza. (escono dal fondo).

EMILIA. (vedendo piangere Maria) Fede, figlia mia! fede!

MARIA. (piangendo) Oh! siete facilissimi a confortarvi voi altri!... Ma sarà forse perché non ho fede... sarò una cattiva cristiana... un'eretica... ma ho qui, nel cuore, una cosa che mi fa male... che mi fa piangere... andate!... (via dalla destra).

SCENA III

Prospero ed *Emilia*.

PROSPERO. Povera ragazza! come mi spezza il cuore!

EMILIA. Se fidasse in Dio, come ha detto il dottor Ferdinando!...

PROSPERO. (indispettito) Eh! non tutti possono avere la tua beata fiducia!

EMILIA. Sì; tutti quelli che credono in Dio e nella sua Giustizia.

PROSPERO. Ci credo quanto te, ma son uomo e non un santo infine... E se il cuore, mio malgrado... malgrado le assicurazioni e le proteste del marchesino, mi trema...

EMILIA. Dio guarderà Carlo... ed anche il marchesino... poiché è un giovanotto esemplare quello! Dio toccherà il cuore a mio figlio.

PROSPERO. Non lo sperate... Uno scapestrato di quella fatta!... È rotto oramai, è rotto a tutti i vizii! Un duello!... un duello!... Non bastava il vino, le donne, i debiti... ci voleva anche l'omicidio... Sissignore, ché io lo considero come omicidio con premeditazione!... E andare a sfidare giusto il suo futuro cognato, alla vigilia delle nozze!... E perché poi? Perché quegli tentava richiamarlo con mezzi persuasivi ai suoi doveri... Ah! birbante!... Ma vieni! vieni! che ti voglio far vedere io!... Ti voglio far trovare tanto di catenaccio alla porta! (intenerendosi suo malgrado) Vieni subito che la vedremo! ... Vieni!... Vorrei vederti diggià qui per dirti quanto sei birbante! discolo! ingrato! cattivo!... (piange).

EMILIA. Nozze disgraziate!

PROSPERO. No! no! vivaddio! Voglio sperare che ritornino tutti sani e salvi, poiché infine quel disgraziato... è un birbante, non lo voglio più vedere... non voglio più saperne... ma è mio figlio;... Ma voglio che non gli accada nulla, che stia bene... per scontare la penitenza che gli farò fare! Oh! vedrete! vedrete che penitenza! Ho tal rabbia e paura in corpo che gli accada qualche sinistro!... che me ne vendicherò su di lui!... sì me ne vendicherò!

SCENA IV

Alberto e detti.

ALBERTO. (dal fondo) Eccomi!

EMILIA. Sempre costui! (via dalla destra)

PROSPERO. Vieni, vieni amico! (con premura) Ebbene?... l'hai veduto? Che ti disse?

ALBERTO. (tristamente) Incaponito più che mai!

PROSPERO. Incorreggibile! Scapestrato! Non è ancora contento!

ALBERTO. Sventurato devi dire.

PROSPERO. Battersi! Volersi battere ad ogni costo! Ma gli hai detto che son io che mi degno di mandarlo a pregare perché non si batta?

ALBERTO. Gli ho detto questo e altro.

PROSPERO. E mi dici che non è figlio snaturato?... che non vuole la mia vita?...

ALBERTO. Dico che si ha avuta l'arte infernale di perderlo avviluppandolo in trame sì nere che non possono né scoprirsi né evitarsi.

PROSPERO. Trame!... E da chi?

ALBERTO. Da chi non guarda a mezzi per arrivare al suo fine: il disonore, la rovina, l'omicidio; da chi approfitta ugualmente dell'amore casto della vergine e delle seduzioni della cortigiana; e da chi ruba l'affetto della moglie e della madre ai figli e al marito per concentrarlo in uno stupido e micidiale ascetismo.

PROSPERO. (sempre più sorpreso) Ma chi? chi?... in nome di Dio!

ALBERTO. Chi? Codini prima di tutti, Giorgio dopo.

PROSPERO. Oh!... Eh! via!

ALBERTO. Così fossi sicuro di trionfare delle loro orribili macchinazioni.

PROSPERO. Mio caro Alberto, l'amicizia ti fa travedere. Non sai dunque che il marchesino ha avuta la generosità di assicurarci ch'egli si farà uccidere piuttosto che fare il più piccolo male a mio figlio?!

ALBERTO. E tu sei sicuro di questo?

PROSPERO. (turbandosi) Per Bacco!... Non lo sei tu forse?...

ALBERTO. Più di te, poiché vedo più lontano.

PROSPERO. Come sarebbe a dire?

ALBERTO. Vedo lo scopo a cui mirano Codini e Giorgio, a cui ti hanno condotto insensibilmente, gradatamente, con un'infernale abilità... Rendendoti odioso il figlio; fargli donare tutto a Maria (il che vale a Giorgio che deve sposarla) farti apprezzare quest'ultimo ch'è una schiuma di briccone, come un modello di virtù e di nobiltà. E per far questo hanno toccato tutte le corde sensibili della famiglia: la tua vanità, il misticismo di tua moglie, l'affetto puro ed ingenuo di Maria, l'inesperienza giovanile di Carlo, il tuo amore paterno, poiché tu sei commosso della nobile azione del marchesino che ti risparmia il figlio, mentre costui ha già da un pezzo abilmente combinate tutte queste cose, e ciò che pare un'abnegazione eroica non è che un triste inganno.

PROSPERO. (confuso) Eh!... eh!... Dio mio!... Mi confondi!... Mi turbi talmente che mi pare di perdere le idee. Ma sono stato presente anch'io... ieri... dalla contessa...

ALBERTO. Non sai che la contessa è pagata dal Codini per farti perdere il figlio?

PROSPERO. Oh! oh! oh!

ALBERTO. Ch'egli le fu presentato da Giorgio?

PROSPERO. Sarà... discolerie di gioventù... Ma poi...

ALBERTO. Ch'essi sono di accordo per rovinare Carlo, per farti fare una pazzia... e perdere anche quell'ingenua creatura ch'è la Maria?

PROSPERO. Tutte queste cose son belle a dirsi... Ma come sei sicuro poi?

ALBERTO. Oh! sicuro come che ti vedo e ti parlo.

PROSPERO. Ma una prova finalmente... una prova!... Non si decide così delle persone che si ritengono per oneste!... E molto più quando si è potuto vedere e toccare con mano, come ho fatto io... lo scopo lodevole...

ALBERTO. Ah, credi che se io avessi queste prove non avrei a quest'ora strappato le maschere infami che nascondono i più tristi propositi?!

PROSPERO. Dunque convieni anche tu?

ALBERTO. Che cosa?

PROSPERO. Che son mere supposizioni; forse l'antipatia che t'ispirano...

ALBERTO. Cospetto!... Esserne sicuro come!...

PROSPERO. Ma le prove? le prove?

ALBERTO. Ecco la sciocca parola! Quando si ha a fare con uomini come Codini non si domandano prove; s'interroga il cuore.

PROSPERO. Oh!

ALBERTO. E il cuore non falla!... Il cuore indovina ov'è nequizia e ribalderia!

PROSPERO. Caro mio, dimentichi che sono un uomo politico finalmente!... e che del cuore... senza prove...

ALBERTO. Dio mio! E tentando di salvare Carlo ho affrettato la sua rovina!

SCENA V

Giorgio con un braccio fasciato e detti.

GIORGIO. Lode a Dio!

PROSPERO. (impallidendo) Giorgio!... e mio figlio?!

GIORGIO. Sano e salvo. Dio mi ha fatto la grazia di mantenervi la parola a costo del mio sangue (mostrando il braccio fasciato).

ALBERTO. (da sé) Come non c'è una legge che colpisce questi delitti?

PROSPERO. (giubilante) Maria! Emilia! Maria!

SCENA VI

Emilia e *Maria* accorrendo.

MARIA. Oh!, Dio!... Il babbo è contento!... Nessuna disgrazia!... Carlo!... Giorgio... come sono felice!...

EMILIA. Dio sia lodato nella sua Onnipotenza!

GIORGIO. Amen!

MARIA. Ma, Dio mio!... Giorgio... siete ferito?!

GIORGIO. Non è nulla; purché vi avessi mantenuta la parola. Son venuto a rompicollo, anche a rischio di far ribaltare la carrozza per abbreviarvi, per quanto mi era possibile, le angoscie della incertezza.

MARIA. Oh! Dio mio!

PROSPERO. (piano ad Alberto) Lo vedi (forte) Anche questo?!... Anche la delicatezza!

ALBERTO. (da sé) È questo che fa dubitare della giustizia della virtù.

EMILIA. Ma fatevi curare, caro marchesino, genero mio.

GIORGIO. Ci ho già pensato.

PROSPERO. Sì, figlio nostro quanto prima!... Saprò mostrarvi come intenda la gratitudine. Voglio fare le cose a modo. Quel birichino non dissiperà più nulla!... Oh! ci ho trovato rimedio!... Dacché so che non corre più pericolo mi sento inesorabile verso di lui...

SCENA VII

Codini, Carlo e detti.

FERDINANDO. Perdonate i nostri peccati come noi perdoniamo i nostri nemici.

MARIA. (abbracciando Carlo con effusione) Carlo!!... fratello!!

PROSPERO. Che! che!... Hai il coraggio, sciagurato?!...

EMILIA. Figlio mio! Come hai potuto traviare con l'esempio di tanta virtù dinanzi agli occhi? (indicando Codini e Giorgio).

GIORGIO. (piano a Ferdinando) che diavolo avete fatto?

FERDINANDO. (piano a Giorgio) Un colpo da maestro! Apprendete!

ALBERTO. Io perdo la testa.

FERDINANDO. (a Prospero) Perdonate, mio caro ed onorevole amico. Dio ch'è misericordioso dice di perdonare. Signor Varesi, uniamoci anche una volta in quest'opera di rappacificazione.

ALBERTO. Io temerei di fare una cattiva azione anche ascoltando la messa insieme a voi!

FERDINANDO. Come?!... che dice quel caro signor Varesi?...

PROSPERO. (in collera) Non perdono! Non perdono!... Dacché lo vedo sano e salvo mi sento crescere la bile in corpo!...

CARLO. Padre mio!

ALBERTO. Prospero!

PROSPERO. Non ascolto alcuno! Sono una bestia feroce!

MARIA. Babbo!...

EMILIA. Infine mio caro, ve lo dice il dottor Ferdinando!...

PROSPERO. Lo dica chi vuole, non dimentico che stamattina mi sono abbassato sino mandarlo a pregare... io stesso! io, suo padre!... Birbante! non aver pietà della famiglia che moriva di crepacuore!...

FERDINANDO. (con secondo fine) Che volete mio caro?... La giovinezza dimentica in certi momenti i doveri più sacri...

PROSPERO. Ah! li dimentica. Ebbene! io dimentico che mi sia figlio!

FERDINANDO. Lo diceste: è vostro figlio infine!

MARIA. Babbo, per carità!...

PROSPERO. Me ne importa un fico!

CARLO. Padre mio!...

ALBERTO. Prospero, lasciti un po' persuadere che...

FERDINANDO. (aizzandolo indirettamente) E malgrado le scappatelle in cui potrebbe... lo sciupo che potrebbe fare del vostro denaro... i crepacuori che potrebbe dare...

PROSPERO. Potrebbe fare?!... Eh! eh! Non potrà fare più nulla il signorino, ve l'assicuro io!... Ci ho già pensato!... Una buona donazione!...

ALBERTO. Prospero, non sai quello che dici.

PROSPERO. Sì lo so, per bacco!

FERDINANDO. (come sopra) Eh! Una donazione!... sebbene assicurerebbe alla dote della Maria il patrimonio disponibile... sebbene, in regola generale, sarebbe il freno più efficace ai traviamenti della gioventù... Pure... Non vi credo un uomo di carattere sì fermo!... voglio dire irremovibile... E voglio sperare...

PROSPERO. Sì, son uomo di carattere!... Vi farò vedere se son uomo di carattere!

CARLO. Padre mio, non è per il vostro patrimonio che desidero il vostro perdono...

MARIA. Oh, babbo... perdonalo al nostro Carlo!... Sai quanto abbiamo pianto per lui!...

PROSPERO. Per bacco! È di queste lagrime appunto che voglio vendicarmi!...

GIORGIO. (stendendo la mano a Carlo) Ma io ho perdonato prima di tutti, mio onorevole suocero! E se persistete nella determinazione di donare alla Maria tutto il vostro disponibile non potrete certamente impedirmi di compensare Carlo con donargli tutto il mio.

FERDINANDO. (piano a Giorgio) È troppo facile se non avete un soldo (forte) Che cuore nobile! che cuore raro!...

CARLO. (risentito) Signore, ad evitare la taccia d'ingrato devo prevenirvi che nulla può omai essere di comune fra di noi.

FERDINANDO. (con finta sorpresa) Oh! oh! oh!

PROSPERO. Oh! oh! oh!

FERDINANDO. Questo poi, Carlo, è lo stesso che mettermi al rischio di farmi rifiutare il perdono che domando per voi a vostro padre!... E... davvero... io non saprei che rispondergli!...

PROSPERO. (in collera) No! che non glielo do!... Anzi lo scaccio di casa mia, il briccone! il cattivo soggetto!... che non contento di quel che ha fatto attacca briga un'altra volta alla mia presenza!

MARIA. Ah!

EMILIA. Prospero!...

PROSPERO. Fuori!... fuori di casa mia!...

ALBERTO. Oh! Pel nome di Dio! che io non so capacitarmi come l'ipocrisia! il tradimento possano trionfare a questo punto!... Questa infame e vile menzogna è durata anche troppo! Prospero, apri bene gli occhi prima di lasciarti indurre ad una cattiva azione da costoro tanto sfacciati quanto astuti e birbanti.

FERDINANDO. (alzando con ipocrisia le mani al cielo) Signore! Vi offerisco questi oltraggi! Voi che volete l'umiliazione del vostro servo e conoscete il fine per cui me li sono attirati!

GIORGIO. (ad Alberto) Signore!

FERDINANDO. Marchesino mio, fatevene anche voi un merito presso Dio! È così dolce l'umiliazione che ci manda il Signore!

EMILIA. Ma questo è troppo!

PROSPERO. Sì per bacco! questo è troppo! vi farò vedere s'io sia o no padrone in casa mia!... E prima di tutto fuori! fuori! (a Carlo, il quale esce)

MARIA. Ah! (piangendo)

EMILIA. Signore Iddio!

PROSPERO. (chiamando verso la scena) A voi! eih! (a Tonio che si affaccia all'uscio in fondo) Va subito dal notaio e fallo venire, ché ho da parlargli. Genero mio, studiamo subito il contratto. (a Giorgio) Amico mio, voi sarete uno dei testimoni. (a Codini) Ecco come rispondo alle false accuse... Ecco come so ricompensare chi mi favorisce!

FERDINANDO. Noi abbiamo perdonato, caro amico. Accetto di mettere la mia firma al contratto perché mi prova che mi mantenete la vostra stima che mi è preziosa, e che non date retta alle accuse di chi ci è nemico certamente per un malinteso, per un errore della mente... che Dio gli perdoni come noi perdoniamo! (ad Emilia e Maria accorate) Voi, signore mie, abbiate fiducia in quel Dio che rinvia i traviati e tocca i cuori più induriti.

EMILIA. Sant'uomo! Il Signore ascolti le sue parole!

MARIA. (piangendo) Il mio povero fratello!...

PROSPERO. Non me ne importa un fico! Non me ne importa un fico! Questo almeno gli servirà di lezione.

FERDINANDO. Non dite questo, ma gli servirà a correggerlo. Sarebbe una cattiva cosa il castigare se il castigo non dovesse fruttare l'ammenda del peccatore.

PROSPERO. Se lo correggerà! Sfido io, per bacco! Avrà sì poco da spendere!

FERDINANDO. Eh! Quando si hanno cattive abitudini... passioni mondane... basta il poco...

PROSPERO. Che potrei fare dippiù? Se gli lascio soltanto quello che non posso togliergli per legge!...

FERDINANDO. (piano) Eh... vedremo!... Per il fine che ci proponiamo... per la buona intenzione di ridurlo al dovere... Combineremo atti di vendita simulati... sicché...

PROSPERO. Non dite male, lo metterò sulla paglia... Quel crapulone dovrà ricorrere a me poi per...

FERDINANDO. Sicuro; ed in tal modo sarà forzato a correggersi!

ALBERTO. Dov'è la giustizia?

SCENA VIII

Rodolfo dal fondo e detti.

RODOLFO. Signori miei!... Sono l'umilissimo servitore di tutta la compagnia! Mi congratulo! mi congratulo!... Che ha, signor marchesino? (additando la ferita di Giorgio).

GIORGIO. Nel duello... un colpo di spada...

RODOLFO. To!... Avrei creduto che foste caduto su vetri rotti!... E dire che essendo stato uno dei testimonii del duello non mi accorsi di quel tal colpo!... Basta, ci avrò veduto poco. Si fanno le nozze, eh? Le si fanno?!... Evviva! ci volevano! Dopo il dolore la gioia: legge provvidenziale, come dice il nostro caro dottore (con una riverenza a Codini, il quale ringrazia).

FERDINANDO. (da sé) Che vorrà mai costui?

PROSPERO. Ma infine che c'è di nuovo?

RODOLFO. Oh, nulla... meno che nulla! Son venuto di corsa per godere anch'io del festino di nozze, e recare al carissimo dottore qui un regaletto... di una certa persona... che desiderava molto di avere... Ed anche a lei, signor marchesino carissimo... sarà il mazzo per lo sposo.

ALBERTO. (da sé) Oh Dio!... Se Rodolfo!...

FERDINANDO. Non si dia questa briga, mio caro Zanotti... Avremo tempo, dopo la firma del contratto... Non disturbiamo la gioia comune di questo momento solenne con affari che mi sono personali.

RODOLFO. Eh! le pare?... Avremo tutto il tempo anche *per la gioia comune del momento solenne*. Incontrai per le scale Tonio che andava dal notaio e, in fé mia, quel poltronaccio non mostrava aver molta fretta.

PROSPERO. Ma infine?...

RODOLFO. Eccomi: Signor marchesino, l'è forse in collera colla contessa di Roccabruna?

GIORGIO. (da sé) Oh Dio (forte) Io?

RODOLFO. Eh... M'era parso... Ieri essendo presente alla scena deplorabile in quella casa che finì colla sfida...

FERDINANDO. Che fortunatamente... grazie a...

PROSPERO. Grazie alla generosità del marchesino mio genero...

EMILIA. E all'intromissione di quel caro dottore...

RODOLFO. (rivolto a Codini) Che fortunatamente grazie alla (rivolgendosi a Prospero) generosità del marchesino suo genero (rivolgendosi ad Emilia) e all'intromissione di quel caro dottore, non ebbe cattive conseguenze, tranne la caduta sui vetri... voglio dire la ferita riportata dal signor marchesino.

FERDINANDO. (piano a Giorgio) Presagisco qualche sciagura...

GIORGIO. (piano a Ferdinando) Pur troppo! Anch'io!...

RODOLFO. Dico io a che servono gli amici? ad evitare le dispute; e come si evitano queste? col chiarire i fatti. Ecco perché da ieri sera mi sono scervellato a trovare il bandolo arruffato di quella matassa in fondo a cui stava un duello.

GIORGIO. Ma infine, signore...

RODOLFO. Infine lo sorprenderà certamente ch'io sia riuscito a trovare questo bandolo; indovini dove?

GIORGIO. Cospetto!...

FERDINANDO. Ebbene, dove?

RODOLFO. In una semplicissima pallottola di carta che Carlo aveva avuto la poca garbatezza di lanciare in volto al signor marchesino qui presente.

GIORGIO. Signore!

RODOLFO. Che? ho detto qualche cosa che non sia stata? Mi correggano pure, signori. Dico: una lettera che Carlo aveva trovato sul tavolino, la quale, appena letta, era montato in bestia, e l'aveva aggrovigliato in forma di pallottola gettandola contro la nobile faccia dell'illustrissimo signor marchesino: Non è andata così?

GIORGIO. Ma signore!...

ALBERTO. E così?

RODOLFO. E così m'ero accorto che il diavoletto era nato dalla lettura di quel biglietto; perciò, dopo che quella pallottola, vulgo biglietto, ebbe percorso la parabola dalla mano di Carlo al volto del signore (indicando Giorgio) e che cadde in terra, come tutti i corpi che hanno un centro di gravità... io la raccolsi e me la misi in tasca. Era semplicissimo; nessuno ci badava.

PROSPERO. Avanti.

FERDINANDO. (da sé) Diavolo!

RODOLFO. Vo avanti. Con quella pallottola nelle mani mi pareva di tenere il filo d'Arianna. Corro a casa, spiego il foglio, lo liscio, lo stiro, e mi metto a studiarlo con un'attenzione che, parola d'onore, non ho messo mai studiare libro al mondo, neanche quelli di veterinaria.

ALBERTO. Ebbene?...

RODOLFO. La filosofia, voglio dire il sistema analitico, è una bella cosa, e serve, se non altro, a decifrare quello che c'è in una semplice pallottola di carta. La mia analisi vi trovò due parti distinte: una tracciata con caratteri da zampe di mosca, che diceva al nostro Carlo di risparmiarsi l'incomodo di far le scale d'ora innanzi. La seconda, carattere d'avvisi, fatto evidentemente con la precauzione di non far conoscere la mano che aveva scritto, indicava al giovane il modo come scoprire il suo surrogante presso la... contessa.

ALBERTO. Ah! ah! ah!

FERDINANDO. (da sé con dispetto) Diavolo d'uomo!

GIORGIO. (piano a Codini) Che faremo?

FERDINANDO. (piano a Giorgio) Zitto! le circostanze ce lo diranno.

RODOLFO. Queste due parti tanto distinte della lettera mi dicevano due cose: l'una che la dama non voleva più saperne di Carlo, e questo andava bene; e l'altra che c'era stato chi aveva avuto interesse di far conoscere a Carlo il suo rivale, ma farglielo conoscere in un modo da rendere inevitabile la sfida... E fu l'autore di questa carità pelosa che volli conoscere...

PROSPERO. Eh! eh!...

ALBERTO. E lo conosceste?

RODOLFO. Sì.

GIORGIO. (piano a Ferdinando) Siamo perduti!

FERDINANDO. (piano a Giorgio) Coraggio! ancora non dell'intutto!

RODOLFO. Quest'esame era molto difficile, sebbene mi ricordassi a aver visto, entrando dalla Roccabruna, il nostro caro dottore spingere il marchesino nelle stanze della contessa... Ma non mi poteva entrare in capo neppur per ombra... I motivi che ci aveva addotti per farlo erano sì plausibili... Anche noi li avevamo approvati.

ALBERTO. (da sé) Arte infernale!

RODOLFO. L'interessante era dunque di sapere chi aveva potuto scrivere quegli ultimi due righi in piedi alla lettera posta sul tavolino della contessa.

ALBERTO. Bravo!

PROSPERO. Sì, bravissimo!

FERDINANDO. Benone!

RODOLFO. Con questa buona risoluzione in corpo, dopo che ebbi assistito Carlo nel duello (dove, in parentisi, mi accorsi che sapeva appena se la spada si tenesse dalla punta o dall'elsa) mi misi la via fra le gambe, afferrai a due mani tutte le risorse del mio spirito, ed andai dalla contessa.

PROSPERO. Che?... che?... che dite?

RODOLFO. Andai da quella tale contessa dei Monti Urali, poiché ella sola poteva darmi la chiave dell'enigma e puramente e semplicemente le spiegai sotto gli occhi la lettera in questione.

PROSPERO. (con ansietà) E così? e così?

RODOLFO. Che dirò?!... La contessa diede in tutte le furie e fece chiamare la cameriera per domandarle chi fosse entrato dopo che ella aveva lasciato la lettera sul tavolino... E... per bacco!... la cameriera rispose che prima di noi non c'era stato altri che...

PROSPERO.   } (vivacemente) Chi?

ALBERTO.

RODOLFO. Il dottor Codini... che Dio mi guardi con questo di volere accusare...

ALBERTO. (trionfante) Ah!

EMILIA. Eh! eh!

PROSPERO. Oh!

FERDINANDO. Sicuro, sicuro... io ci fui. Ma non mi avvidi di nulla...

RODOLFO. Ecco quel che dicevo a quella tale contessa della Mecca. Quel caro dottore ci sarà stato ma, non si sarà accorto di nulla! ... Ma le donne! lo sapete!? quando si mettono una cosa pel capo... La contessa era sbruffante, e arrivava anche a dire...

PROSPERO. Che cosa?

RODOLFO. Eh, Dio mio! non oso...

FERDINANDO. Dica, dica pure... il Signore ci prova colle umiliazioni...

RODOLFO. Diceva che siete un birbo matricolato! un infame ipocrita! un furfante a cui i lavori forzati a vita starebbero tanto bene quanto a me la laurea in veterinaria!

FERDINANDO. (con ipocrisia) Sia fatta la volontà di Dio!

RODOLFO. Badi però che non son io che dico queste cose, è la contessa... Come anche non credo a quello che voleva supporre...

ALBERTO. Che?... Su, Rodolfo!

RODOLFO. Che tutto questo fosse un'infame macchinazione ordita dal dottore e dal marchesino per rovinare Carlo, farlo diseredare, ed avere nella dote di Maria tutta l'eredità di Montalti; ella voleva parlare anche di... (a Giorgio) Dica un pò, fra di noi, marchesino carissimo, si sarebbero guastati con la contessa?... Le donne... lo sa?... quando sono in collera inventano di tali cose!... Oh ma io non ci ho creduto... io non ci credo affatto... La contessa ha sudato per benino, per persuadermi; mi ha dato anche una lettera da consegnare al nostro egregio signor Codini e m'ha detto: ora comprendo perché Codini avesse tanto interesse da togliermela di mano! Recategliela, che gli farete piacere: Oh! l'ha principalmente con lei, quella, caro dottore... ma io non ci credo affatto, sebbene le abbia recato la lettera (mostrandola) così per compiacenza...

FERDINANDO. (tentando di carpirgliela) Vediamo.

RODOLFO. Adagino! adagino, dottore caro! Sono caporale nella Guardia Nazionale io, e me ne intendo di consegne! La mia è: leggerla innanzi a tutti (indicando la lettera) Coram populo! prima di dargliela.

MARIA. Giorgio!...

GIORGIO. Mia cara Maria, potete crederlo?!...

RODOLFO. Illustrissimo signor marchesino, avrebbe ella promesso a quell'adorabile contessa qualche cosa come un cronometro con catenella?

GIORGIO. Io?... Signore...

RODOLFO. È che colei quando ancora esitava a consegnarmi la lettera mi diceva: Faccia conoscere al marchese di S. Giocondo (capisce? quella signora mi faceva forse in mente sua... l'onore di credermi suo amico) che malgrado ch'egli m'abbia rifiutato un semplice cronometro con catenella, malgrado che mi si fosse offerta una bella somma, 6000 lire, per la sua lettera, malgrado ch'io ne darei altrettante per smascherare quel tristo ipocrita del Codini (scusi, dottore caro, è la contessa che parla) io ho la generosità di risparmiarlo...

GIORGIO. Ma signore...

RODOLFO. Allora... che vuole? Per l'amicizia che nutro per lei non potei più esimermi di prendere le sue difese, di scusarla alla meglio... e dissi alla contessa che non era stata spilorceria la sua di rifiutarle il cronometro, ma che avendo fatto un regalo di un finimento completo a quella pazzerella della Norina, presso la quale ebbi l'onore d'incontrarla l'altra sera venendoci con Carlo, probabilmente la ristrettezza finanziaria del momento non le permetteva...

MARIA. (allontanandosi) Dio mio! Giorgio!...

RODOLFO. Eh! avrò detto male... Non mi sarò ben spiegato... Ma fu come mettere il fuoco alla polvere. La contessa cominciò a strillare come un'ossessa, a prodigarle gli epiteti meno lusinghieri, e finì col dirmi: In tal caso rechi questa lettera a Giorgio e al Codini, e dica all'uno che se lo servo un po' tardi meglio tardi che mai, e all'altro, al marchesino, che questa vale bene un finimento e una cena dalla Norina.

FERDINANDO. Ma infine, signore, se quella lettera va a noi... (facendo un movimento per prenderla).

ALBERTO. (afferrandolo pel braccio) A modo! caro dottore, a modo! Rodolfo, compiacete questi signori che sono impazienti.

RODOLFO. Eccomi (leggendo): «Carina mia!» È il marchesino che scrive: «Carina, stasera non vengo da voi perché non ho potuto esimermi d'accompagnare un amico dalla Norina; quello che più mi rincresce è che probabilmente neanche domani potrò avere il piacere di venire a passare la sera presso di voi, essendo condannato a subirmi una ridicola festa da quello sciocco di Montalti...»

PROSPERO. Oh! oh! oh!

RODOLFO. (leggendo) «Quello sciocco di Montalti in occasione dell'onomastico della sua figliuola Maria che m'è tanto stucchevole e noiosa per quanto sono innamorato di voi e che ho il dispiacere di dovere sposare ora che mi porta una bella dote che scialacqueremo assieme...»

MARIA. Vile! ! !

RODOLFO. (leggendo) «In barba a quell'imbecille di mio suocero ed alla vecchia squarquoia di sua moglie...»

EMILIA. Ehi!? ehi!?... avete letto signor Rodolfo?

RODOLFO. (leggendo) «Ed alla vecchia squarquoia di sua moglie...». Scusino, saranno errori d'ortografia. Ella possiede una bella scrittura, signor marchesino...

GIORGIO. (per slanciarsi) Vivaddio signore!

ALBERTO. A voi! al dovere! signor marchesino illustrissimo!

FERDINANDO. Ecco quello che fà mettersi con simili imbecilli (con dispetto da sé indicando Giorgio).

RODOLFO. (leggendo) «Sicché vi scrivo per prevenirvi di non aspettarmi e far capitare in casa di Montalti, appunto la sera che si darà la festa, le noterelle, che mi diceste non aver più pagato Carlo, con una letterina che fingerete di far capitare al padre per isbaglio. Ne nascerà un diavoleto, e ciò ci divertirà, senza contare che servirà ai nostri fini mettendo sempre più in urto Carlo con la famiglia. In ogni caso siate sicura, mia cara Giulia, che purché questo scandalo accada vi è chi paga per tutti: il Codini, che voi dovete conoscere».

PROSPERO. (stupefatto) Oh! oh! oh!...

EMILIA. Dio mio! come sarebbe possibile?!...

MARIA. Com'è possibile che vi sia un uomo tanto vile quanto quello lì (indicando Giorgio).

ALBERTO. Com'è possibile che l'infamia dia pane, che l'ipocrisia non sia stimmatizzata su quelle fronti (indicando Giorgio e Ferdinando) e che riesca a trionfare qualche volta... Com'è possibile che tutto ciò ch'è fango, malvagità, abbiettezza contamini tutto ciò ch'è onesto, puro e nobile... Com'è possibile che due vili assassini dell'onore, della pace, della felicità delle famiglie non possano essere colpiti da una condanna capitale.

GIORGIO. Signore!

PROSPERO. Bene! per bacco! Hai ragione... Hai parlato come uno dei miei onorevoli colleghi... Ma di Camera non voglio più saperne; ho avuto torto non ascoltando i tuoi consigli e godo nel confessartelo. Oh! Dio! come son contento d'essere scappato a tutte queste orribili macchinazioni... di tornare oscuro ma felice in seno alla mia famiglia... con mio figlio!... Poiché infine è mio figlio quel disgraziato che hanno traviato!... Dov'è desso?... Presto, correte a chiamarlo.

SCENA IX ed ultima

Tonio e detti, indi *Carlo*.

TONIO. Di là c'è il notaio.

PROSPERO. Al diavolo il notaio e il matrimonio!... Corri piuttosto a chiamare mio figlio!

RODOLFO. Non occorre; ci avevo già pensato. L'incontrai per le scale e lo indussi ad aspettarmi in anticamera. Avanti, amico, avanti!

CARLO. (gettandosi nella braccia dei suoi) Padre mio! Mamma! Maria!

GIORGIO. (minaccioso a Rodolfo) Ci parleremo, signore.

RODOLFO. Dove? Alla Corte d'Assise? Non sono avvocato mio caro, sono veterinario.

FERDINANDO. (con ipocrisia) Signore! Quali sono i Tuoi imperscrutabili misteri? Calunniati a questo punto!...

ALBERTO. (con indignazione) Ma uscite dunque! Non avete almeno l'ipocrisia del pudore? (a Codini e Giorgio additando il gruppo della famiglia Montalti abbracciati) (Ferdinando e Giorgio partono)

EMILIA. Dio mio! Se fallai perdonatemi! Credetti che quell'uomo fosse davvero vostro servo devoto!

MARIA. Carlo! Fratello mio! Ci sei reso!... Quei cattivi non ti allontaneranno mai più da noi!...

CARLO. Mai più! Mai più!

PROSPERO. L'ho scappata bella per un miracolo!... un puro miracolo!

ALBERTO. Un miracolo, ch'è di conforto alle anime oneste, perché prova che non sempre a questo mondo trionfa ciò ch'è falso ed ingiusto.

FINE

APPENDICE

Carattere dei Personaggi e Due atti sceneggiati

I NUOVI TARTUFI

commedia in 4 atti

(14 dicembre 1865)

(2 atti sceneggiati)

CARATTERE DEI PERSONAGGI

1. Prospero Montalti.

È un ricco provinciale: dotato di pochi studii; ma di cuore retto; non è privo di un certo acume di mente, che spesso gli fa discernere il vero dal falso. È un po' vanoglioso (*sic*), come colui che colla sua industria ha accumulato un ricco patrimonio. In politica non è né carne né pesce: è carta bianca, pronto a ricevere i primi caratteri, qualunque sia la mano che li verghi. Divenuto clericale segue la bandiera dei bigotti perché spinto da Ferdinando, e perché cerca trovare nell'aringo politico un po' di fumo da appagare la sua piccola vanagloria di ricco proprietario, di esperto coltivatore di vigneti e di valente imbottigliatore di vini squisiti. Clericale, egli non perse l'onestà: dinanzi alle prevenzioni dei suoi correligionari egli si smarrisce: qualche volta Ferdinando corre in suo aiuto, e lo puntella. È una buona pasta d'uomo, ma nelle mani dei clericali diventa uno istrumento di reazione.

2. Il Dottor (Don) Ferdinando Codini (Cappelli, Fennelli, Foresti).

È il protagonista della Commedia. È il tipo del clericale: melato, bigotto, tutto degli amici - in fondo poi è un'anima più nera di quella di Giuda. Ha sempre sulla bocca religione, morale, devozione. Non conosce individii (*sic*), né doveri, né diritti di famiglia, di popoli, di società: l'uomo e il mondo sono schiavi di Dio, e per questo la Chiesa rappresenta [...] dal Papa. La civiltà e tutti i suoi beneficii sono portati del demonio.

3. Enrico Montalti, figlio di Prospero.

Buon ragazzo in provincia, benché un po' spiritoso: a Firenze, caduto nei tranelli della setta clericale, diventa libertino, ubbriaco, rissoso.

4. Emilia, moglie di Prospero.

Tipo della madre provinciale: è la donna che non conosce più in là di quanto gli ha infinocchiato il prete a cui crede ciecamente per paura dell'inferno. Ha buon cuore, ma traviato dal confessore. Essa non parla, non pensa, non agisce che per ispirazione di don Ferdinando: è un burattino nelle mani di questo.

5. Ernestina, figlia di Prospero.

Buona fanciulla, ma a cui lo splendore delle feste e della moda di Firenze fanno traviare il cuore. Offre la mano a Giorgio perché vede nel matrimonio il soddisfacimento del suo desiderio per la vita rumorosa della città.

6. Giorgio di San Giocondo (Eufemia).

È un birbo - nasconde la furfanteria sotto ipocrite sembianze. È il satellite di Don Ferdinando. È grazioso, melato, amante con Ernestina come è intrigante, facinoroso, cinico nel preparare la ruina di Enrico.

7. Alberto Varese (Alberti).

Persona onesta, di mezza età: è amico di Prospero: le sciocchezze di questo cerca di moderare: finalmente, spinto dall'amicizia, smaschera i Clericali. È il tipo del galantuomo. In politica è imparziale: egli è anzitutto onesto.

8. Giulia sedicente Contessa di Monterosso (Montedoro).

Tipo della cortigiana.

ATTO 1°

In Provincia

Scena 1

Emilia, Ernestina e il dottor Ferdinando.

Il dottor Ferdinando approva il carattere della madre d'Ernestina, Emilia. Dice a lei essere il tipo della madre e della sposa cristiana. Grazie a lei il marito ha accettato la candidatura del collegio: fra pochi istanti si avrà l'esito della votazione, che il dottor Ferdinando spera favorevole alla religione: il discorso di inizio pieno di reazione quanto un quaresimale: non parla che di doveri verso Iddio, la Chiesa: a sentirlo ti parrebbe un fac-simile di santo. Ernestina, nel caso d'una elezione favorevole al padre, accenna ai divertimenti di Firenze, della capitale: il dottor Ferdinando accenna sempre con tuono ipocrita i vizii, gli errori delle grandi città: ma col timor di Dio, della Chiesa, del Papa ecc. ecc. e scegliendo una società onesta - cioè clericale - s'evitano tutti i pericoli - il dottor Ferdinando saluta e va fuori per sapere l'esito della votazione; o meglio per metter nuovo fuoco addosso ai clericali e con un partito disperato condurli tutti all'urna e fare trionfare il candidato bigotto.

Scena 2^{aa} e 3^a

Emilia ed Ernestina, indi Enrico.

Breve dialogo fra madre e figlia, in cui si veda l'ascendente che esercita Ferdinando sulla madre, che giura, come suol dirsi, *in verba magistri*. Ernestina non subisce praticamente l'influsso codino; ma all'idea di andare a Firenze approva quanto dice Ferdinando.

Scena 3ª

Enrico entra tutto scarmigliato e agitato. Egli ha sentito alcuni gruppi di popolani gridare contro la candidatura del proprio padre. Ha fatto baruffa contro i popolani democratici: fortuna per lui che passava una processione di frati con croce alla testa; i frati, partigiani dei clericali, presero a colpi di torce e di croce i popolani che fuggirono.

N.B. Questa narrazione starebbe meglio in bocca del brillante, amico di Enrico: il brillante è un cuore retto: s'infischia di politica, di clericali, di tutto: il suo Dio non è che il buonumore.

Enrico è un buon ragazzo: non parteggia né per gli uni né per gli altri: ma vedendo il nome del padre sin'allora onorato fatto preda d'insulti, si adira: in lui, alle ragioni politiche, prevale l'amor filiale.

Scena 4ª

Il signor Alberto Varese.

Egli viene per dissuadere la famiglia di Prospero di buttarsi nella politica: rammenta alla madre ed alla figlia le gioie, i puri piaceri goduti sin'allora in provincia: fa un quadro fosco dell'avvenire. Madre e figlia non vi credono, poiché il Sig. Ferdinando, a cui credono e per cui giurano, l'assicura altrimenti.

Alberto le compiange per la loro cecità: e si mette non poco in sospetto dell'amicizia un po' esagerata di Ferdinando. Madre e figlia, stizzite dei consigli dati da Alberto, si licenziano e si ritirano lasciandolo solo.

Scena 5ª

Alberto, Enrico, Carlo (brillante)

Alberto è dispiaciuto del ritiro di Emilia, di Ernestina. Dice ad Enrico che le sue osservazioni erano d'amico: Enrico, benché il pensiero della capitale lo stuzzichi, non esita a riconoscere la bontà delle osservazioni di Alberto. Manifesta ad Alberto le sue speranze, tutte fondate sull'andata a Firenze: Carlo ed Enrico s'abbandonano ingenuamente a siffatti lieti proponimenti. Alberto soffre vedendo un giovine di buon cuore qual'è Enrico, invaso dalla malattia di famiglia, cioè lo andare a sfoggiare abiti a Firenze.

Scena 6ª

Il Sig. Prospero.

Egli entra leggendo un giornale: è pensieroso; a quando a quando legge qualche rigo di politica e di ingiuria contro di lui candidato clericale. Egli è tanto accorato che nemmeno s'accorge degli amici e del figlio. Alberto s'avvede della causa del malumore dell'amico, e con dolce rimprovero gli rammenta la pace goduta insieme alla sua famiglia prima di mettersi in capo il brutto pensiero di rappresentare il paese. Che ne ha avuto? Ingiurie, rimproveri: la pace non esiste più nella famiglia. Al Sig. Prospero che è buono, ma un po' vanaglorioso, dispiace il confessare i suoi torti. Pure infine cede all'amicizia d'Alberto, e dichiara di rinunciare ai suoi pensieri di rappresentanza. Fa chiamare la moglie e la figlia.

Scena 7ª

Madre e figlia e detti.

Prospero annunzia la presa risoluzione. Maraviglia in Emilia e in Ernestina. Nella prima, perché così Prospero si ribella all'autorità di Ferdinando, nella seconda perché non può gioire dei piaceri che le promette Firenze. Alberto appoggia la risoluzione di Prospero, che con questo aiuto giunge a trionfare delle sue donne. Dispiacere di queste che si rassegnano brontolando e mormorando contro Alberto e Prospero.

Scena 8ª

Il dottor Ferdinando capita come una bomba. Egli porta l'annunzio della elezione di Prospero. Questi, alla nuova e al linguaggio esaltato del dottore, ritorna all'antico pensiero di andare a Firenze. Gioia di Emilia e di Ernestina. Emilia, la moglie, dice a Prospero che così diventa il sostenitore dell'altare e del Papato. Alberto compiange la cecità dell'amico e gettando una parola di disprezzo al dottore, esce.

Scena 9ª

Un servo annunzia arrivo d'una commissione d'elettori clericali. È introdotta. Prospero recita un'allocuzione in senso clericale, ma onesta e moderata. Gli elettori lo interrompono con domande esagerate e pazze. Prospero si confonde dinanzi a tanta malvagità, ma Ferdinando si mette in mezzo, chiarisce e interpreta a suo modo le parole elastiche di Prospero, e gli elettori restano contenti del loro deputato, a cui mandano parecchi *Evviva!*

ATTO 2° ... a Firenze

Scena 1. Casa di Prospero.

Ferdinando e Giorgio di San Giocondo.

San Giocondo fa le sue congratulazioni a Ferdinando per l'abilità con che ha condotto l'affare della famiglia del Sig. Prospero. Dal discorso di Giorgio e di Ferdinando risulta: 1° Che scopo della elezione di Prospero sostenuta a tutta oltranza in provincia da Ferdinando è quello di condurre a Firenze la famiglia di Prospero. 2° Venuta a Firenze cercare di fare un matrimonio fra Ernestina, ricca, con Giorgio, satellite dei clericali, d'ingegno acuto, sottile, ma povero. La dote della moglie darebbe a Giorgio una importanza maggiore nel mondo politico. 3° Onde tutti i beni del Sig. Prospero andassero per mezzo di Ernestina a Giorgio si cerca e si trova il mezzo di rendere odioso Enrico al padre, il quale in vista della condotta del figlio lo disordererebbe. I due clericali riuscirono in parte nel loro intento, poiché Giorgio divenuto amico di Enrico l'ha presentato a Giulia di Monterosso falsa contessa, per la quale Enrico ha di già fatto e farà ancora mille pazzie di guisa che Giorgio e Ferdinando sono sicuri che Prospero caccerà di casa il figlio.

Durante il suddetto dialogo Ferdinando mostrerà un carattere ipocrita; tutte le furfanterie che egli fa, sono cose oneste, poiché tutto ei fa pel trionfo della religione conculcata dai liberali. Però questa religione in lui non è che ostentazione, in fondo non è che un birbo. Egli ripete la massima gesuitica: il fine giustifica i mezzi. Giorgio è cinico, egli è clericale, ma confessa ch'è tale, poiché spera di salire alto e di fare un buon matrimonio.

Scena 2ª

N.B. Aprirei il 2° atto con una scena tra Ferdinando e due camerieri di Prospero.

Ferdinando li ha comprati e si fa riferire minutamente quanto succede in casa: dai camerieri apprende che Emilia sostiene il debole Prospero che di quando in quando alla vista delle scene sgregolate del figlio si pente della sua venuta a Firenze. Emilia, la moglie, che subisce l'influenza di Ferdinando, incoraggia il marito a restare a Firenze onde difendere il temporale, i conventi contro le rapine e le violenze d'un potere usurpatore, tirannico ecc. ecc.

Ferdinando paga i camerieri e resta soddisfatto delle notizie ricevute: egli sa di certo che per mezzo d'Emilia il Sig. Prospero non lascerà Firenze, e così potere attuare i suoi disegni clericali e furfanti. In questo entrerebbe Giorgio, che viene a far visita a Prospero e intavolerebbe il dialogo che sta sopra: si suppone che la famiglia di Prospero è fuori di casa.

Scena 3ª

Entrano Emilia ed Ernestina. Dialogo con Ferdinando e Giorgio. Questi esprime il suo amore per Ernestina. Emilia vede di buon occhio questo amore e lo dichiara a Ferdinando il quale non può che approvare. Ferdinando parla d'una soscrizione per l'obolo di San Pietro e invita la moglie di Prospero a soscrivere: indi parla d'una pia Associazione di fanciulle oneste e propone presidentessa Emilia, vicepresidentessa Ernestina.

Scena 4ª

Entra Prospero, è stanco, oppresso, adirato. Nel Parlamento ha fatto un discorso intorno al temporale. Ha chiamato usurpatori i liberali ecc. ecc. Rumori nella Camera: urli e fischi nelle tribune pubbliche; il povero Prospero si perde d'animo, e s'ingarbuglia; crede di parlare del temporale e parla di vini e di ulive, sicché i rumori e i fischi aumentano. Egli è stanco della vita di deputato, ove non ha incontrato che seccature. Ferdinando incoraggia Prospero - indi insieme a Giorgio s'allontanano. Emilia ed Ernestina entrano nelle loro stanze - Prospero rimane solo.

Scena 5ª

Un cameriere porta lettere e giornali. Prospero apre le lettere: sono d'elettori che domandano impieghi, favori, promozioni, croci (quello che domanda la croce è il più modesto, poiché non cerca che fumo). Gli elettori rammentano che hanno dato il voto a lui favorevole. Prospero si corruccia, si adira, seccato da tante domande. Apre i giornali e legge un articoletto violento contro di lui. Un giornale di caricature lo dipinge da chiericotto con turibolo in mano che serve la messa. Il povero Prospero è disperato: rimpiange il suo paese, dove per tutti non era che l'illustrissimo Sig. Prospero, mentre a Firenze è chiamato clericale, protettore dei briganti, lui che ha paura d'una goccia di sangue.

Scena 6ª

Enrico, Carlo e Detto.

Enrico è ubbriaco. Carlo lo sostiene. Enrico vuol fatto un grosso assegnamento dal padre per soddisfare i suoi capricci. Prospero nega. Enrico dice al padre che egli stava bene in Provincia ma dal giorno che è stato condotto dal padre a Firenze vuol fare sfoggio. Egli è figlio di Deputato, uno dei legislatori. Anzi perché un suo compagno d'orgia chiamò il sig. Prospero un deputato in piviale Enrico gli buttò in faccia un bicchiere. Domanda l'assegnamento. Prospero, ch'è un buon provinciale economico, nega. Enrico minaccia. Alle grida di Prospero accorrono Emilia ed Ernestina. Enrico è al colmo dell'ubbriachezza: cade al suolo. Prospero maledice la sua venuta a Firenze, causa di tanti dolori.